KB039772

말처럼
쉽지
않은

말처럼
쉽지
않은

초판 1쇄 인쇄 2019년 12월 17일
초판 1쇄 발행 2019년 12월 24일

지은이 편채원
책임편집 조혜정
디자인 그별
펴낸이 남기성

펴낸곳 주식회사 자화상
인쇄,제작 데이타링크
출판사등록 신고번호 제 2016-000312호
주소 서울특별시 마포구 월드컵북로 400, 2층 201호
대표전화 (070) 7555-9653
이메일 sung0278@naver.com

ISBN 979-11-90298-29-2 03810

이 도서의 국립중앙도서관 출판예정도서목록(CIP)은 서지정보유통지원시스템 홈페이지
(http://seoji.nl.go.kr)와 국가자료공동목록시스템(http://www.nl.go.kr/kolisnet)에서
이용하실 수 있습니다.(CIP제어번호: CIP2019051665)

말처럼
쉽지
않은

편채원 지음

자화
상

나 또한,

어쩔 수 없는

그게 말처럼 쉽지가 않더라고.

한숨과 동시에 습관처럼 튀어나오던 한 줄의 하소연. 퇴사 후 프리랜서로 살아보겠다며 발버둥 치던 지난 1년 간 내가 가장 많이 내뱉은 말이다. 녹록치 않은 시간 속에서, 대개는 무엇인가 뜻대로 되지 않는 일이 생겼을 때 스스로를 향한 그럴싸한 위로의 의미로 자주 써먹곤 했다. 때로는 나의 나태함을 알맞게 감싸주는 예쁜 포장지가 되어주기도 했고.

아닌 게 아니라, 인생은 정말이지 고난과 역경의 연속이다. 올해는 좀 낫겠지 싶으면 어김없이 더 큰 시련이 뒤따라오는데, 그 정도가 매년 기록을 갱신한다. 이제 이 정도 고통은 익숙하지? 그럼 더 아파봐. 이런 사디스트 같은 세상. 첫 원고를 쓸 때도 그랬다. 이것만 다 쓰면 끝이다, 계약만 하면 어떻게든 되겠지, 출간만 되면 좋겠다, 1쇄만 다 팔리면 소원이 없겠네, 곧 글만 써도 먹고살 수 있을 거야. 그렇게 모든 일이 마음먹은 대로 풀릴 줄 알았으니까. 말로는 '작가? 에이, 내가 뭐라고. 그냥 다 자기만족이지 뭐.'라며 에둘러 표현하면서도, 내심 나는 다를 거라 기대했었다. 원래 새로운 일에 도전하는 사람들의 가장 큰 착각이, 남들은 망해도 그게 내 얘긴 아닐 거라 믿는 거랬다.

::

글을 쓰면서 한동안은, 뜻하지 않은 자가당착에 시달려야 했다. 한참을 써 내려가던 중 '어? 얼마 전에 이거랑 비슷한 주제로 썼던 것 같은데.' 하고 찾아보면, 있다. 마치 반대의 성격을 가진 두 사람이 쓰기라도 한 듯, 같은 주제에 대해 서로 다른 관점으로 서술한 글이. 머리가 띵했다.

내가 이렇게 앞뒤가 다른 사람이었던가. 나름 작가라는 직업 특성상 스스로를 들여다볼 시간과 기회가 많았기 때문에, 웬만한 사람보다는 나 자신에 대해 조금이라도 더 안다고 자부했었는데. 이 모순덩어리는 대체 누구란 말인가.

나는 그것을 '양면성' 때문이라 결론지었다. 어느 의사가 말하길, 매사에 일관적으로 생각할 수 있는 사람은 도리어 정신병을 의심해봐야 한다고 했다. 우리는 대부분 평범한 인간이기 때문에 스스로의 모순을 발견하고, 그 사이에서 끊임없이 고민하는 과정을 거친 후에야 비로소 자신만의 기준을 세우고 그에 맞는 사고를 정립해갈 수 있다는 것. 하여, 나의 결심은 고루하고도 단순했다. 사람으로서 할 수 있는 최선을 다하자는 것.

그러니까 그건 무슨 일이든 열심히 하겠다는 의미가 아니라, 나의 모순을 순순히 받아들이겠다는 뜻이었다.
어쩌면 자아의 성숙이라는 것도,
인생을 살아가는 동안 그 간극을 최대한 좁혀보고자 하는 내면의 몸부림이 아닐는지.

프롤로그

이 책은 내가 가진 모순들에 대한 고백이다. 결코 쉽지 않은 결심들을 무책임하게 내뱉은 지난날에 대한 성찰이다.

스스로를 사랑할 줄 알아야 한다 말하면서도 정작 나는 나를 미워하며 괴로워했던 시간들, 남의 시선 따위 신경 쓰지 않겠다 다짐하고도 타인의 인정을 구걸할 수밖에 없던 날들, 지금 이 순간에 충실하겠다 결심하고서도 내일에 대한 걱정으로 잠을 이루지 못했던 수많은 새벽들에 관한 이야기다. 어쩌면 나의 푸념에 불과할지도 모를 이 보잘것없는 문장들이, 언젠가 당신이 '그땐 그랬지.' 하고 웃으며 돌이켜볼 수 있는 지난날의 일기장으로써, 부디 그 소임을 다해주기를.

빛나지 않아 눈부셨던,
2019년 12월 어느 평범한 날의 고백

Part 4 행복해진다는 것

Part

1

먹고산다는 것

죽는 순간까지 건강하게 해주세요.

부디 일복은 많지 않았으면 좋겠습니다.

사랑은 이따금 찾아와도 괜찮지만

샴페인만큼은 언제나 곁에 있게 해주세요.

<어느 수도원의 기도문> 중에서

일단,

　　살아봅니다

　　　아아, 들리십니까? 여기는 지금 2019년 2월의
어느 날, 분당에 위치한 어느 아담한 카페입니다.

　집 바로 앞이라 자주 들르곤 하는데요, 조금은 무심한
듯한 사장님이 오히려 마음을 편하게 해주는 곳이랍니다.
그러고 보면, 서비스업이라 해서 꼭 과하게 친절할 필요는
없는 것 같아요. 커피집이 쿠폰 잘 찍어주고 커피만 맛있
으면 되죠, 뭐. 그나저나 오늘 날씨는 흐리지만 미세먼지
가 없다고 합니다. 요새 진짜 미세먼지 때문에 정말 죽겠

어요. 농담 반 진담 반으로 이민을 알아보고 있는데 받아주는 곳도, 모아놓은 돈도 없네요. 산골짜기라도 들어가야 할 것 같아요. 갑자기 든 생각인데, 그러다 혹여 자연인으로 TV 출연을 해서 유명해지기라도 하면 어쩌죠? 유명해지면 똥을 싸도 돈을 번다는데, 그럼 이제 이민을 갈 수 있으려나요?

::

몸과 마음은 같이 늙어갈 수 없다는 사실이 인간의 가장 큰 서러움이란 말이 맞나봅니다. 아직 어리다면 어린 나이이지만, 마음이 몸의 노화를 따라가지 못하고 있다는 것만큼은 확실하게 느껴지거든요. 얼마 전엔 몇 년 만에 인바디란 걸 쟀는데 경도 비만이 나왔어요. 똑같은 양을 먹는데도 뱃살은 더 빨리 찌고, 예전보다 더 열심히 운동을 해도 삐져나오는 군살을 막을 수는 없더라고요. 어디 그뿐인가요. 어쩌다 하이힐이라도 신은 날엔 집에 돌아와 반신욕을 해야지만 통증 없이 잠들 수 있고, 하룻밤을 새고 나면 이틀은 자야 생체리듬이 회복됩니다. 아, 제가 원체 남들보다 좀 더 저질체력인 것도 인정합니다.

먹고산다는 것

그런데 참 이상하죠? 이미 아주 오래전에 지나가버린 기억들은 도리어 선명히 떠오르는 걸 보면요. 얼마 전에 지방 출장을 갔을 때, 우연히 중학생 시절 자주 갔던 디저트 카페를 발견한 거예요. 눈꽃빙수의 원조이자 식빵과 생크림이 무한리필 되던 그 카페 말입니다. 혹시 기억하시나요? 요샌 눈꽃얼음이 아닌 빙수를 찾아보기 힘든데, 그땐 거기서만 눈꽃빙수를 먹을 수 있었잖아요. 옛 친구라도 만난 것처럼 어찌나 반갑던지 망설임 없이 들어가서 눈꽃빙수를 하나 주문했어요. 알록달록 꽃무늬 소파와 창가에 자리한 그네, 넓은 접시에 수북이 쌓여 나오는 빙수까지. 가게 분위기도, 빙수 모양도 그대론데, 이상하게 입맛도 나이가 들었는지 솔직히 예전처럼 맛있지는 않았어요. 혼자여서 더 그랬는지도 모르겠네요. 그땐 늘 친구들과 함께였으니까요.

::

그러고 보니 문득 또 떠오르는 기억이 있습니다. 제가 고등학생일 때만 해도 최저시급이 3,100원이었는데, 당시 열아홉 살이던 저는 패밀리 레스토랑에서 3,800원을 받으면서 일하는 바람에 친구들 사이에선 나름 부르주아로 통했었거든요. 여섯 시간을 채우고 나면 손에 쥐는 돈은 고작 2만 원이 조금 넘는데, 그땐 그게 얼마나 큰돈이었는지. 요즘은 최저시급이 8,000원이 넘는다죠? 격세지감이 뭐 별건가요. 참, 그런데 물가는 더 올랐어요. 한 시간 일하면 겨우 밥 한 끼 먹어요. 집값은 말할 것도 없고요. 서울에서 자취할 때는 월세 내느라 점심 도시락을 싸서 다녔다니까요. 반찬 두어 가지로 일주일을 버텼네요.

::

사설이 쓸데없이 길었습니다. 어쨌든 저는 그럭저럭 잘 지내고 있습니다. 사실 '잘'이라는 게 참 애매한 표현이긴 한데, 그래도 지금까지 버텨왔다는 의미에서요.

솔직히 말하면, 여전히 어정쩡하고 애매합니다. 조금 더 노력했다면 지금보단 나았을까 하는 생각에 한없이 미안해지다가도, 한편으로는 칭찬받고 싶은 마음도 들어요. 위로받고 싶달까. 사실 아직도 잘 모르겠거든요. 어떻게 더 열심히 살아야 할지. 지금 나이쯤 되면 모든 걸 다 알게 될거라고 생각했는데, 이상하게 나이를 먹으면 먹을수록 모

먹고산다는 것

르는 것만 더 많아져서 참, 큰일이네요.

　일단은 좀 더 살아볼게요. 삶은 늘 일정한 방향으로만 흐르는 건 아니니, 상상하지도 못했던 무언가가 되어 있을지도 모르잖아요?

　　　그래요. 특별한 사람까지는 아니더라도,
　　　뭐라도 되어 있을 거예요.
　　　에이, 아니다. 뭐가 되지 않으면 또 어때요.
　　　무언가 되어야 한다는 강박이,
　　　오히려 날 아무것도 아닌 사람으로
　　　만드는 건 아닐까요.

　아, 방금 휴대폰이 울려서 봤더니 이번 달 카드값 내라는 문자가 와 있네요. 출금일은 어제였는데 통장 잔고가 조금 모자랐나 봅니다. 그럼 전 이만, 먹고살러 갈게요. 여기서 신용불량자까지 되어버리면 그건 또 그것대로 큰일이니까요.

유명해지고

싶어

잠시 강사 일을 하며 먹고살던 때의 이야기다.

아이들에게만큼은 을이 아니라 병, 정이어도 좋았다.
"선생님은 무슨, 강의 끝나고 인사할 때는 누나라고 불러.
누나 안녕~ 오케이?" 그런 우스갯소리를 할 정도로 나는
'강사 선생님'이 아니라 나이 많은 옆집 언니, 누나이고 싶
었다. 10여 년 전의 나와 똑같은 모습으로 똑같은 고민을
하고 있는 그들에게, 엉뚱한 이야기를 마음껏 펼쳐낼 수
있는 대나무 숲이길 바랐다. 세월이 흘러도 변하지 않는

먹고산다는 것

그 나이대의 걱정거리와 불안함을 어떻게 하면 조금이라도 덜어줄 수 있을까. 그것이 강사로서 나의 가장 큰 고민이었다. 어쩌면 그조차 내 어린 날을 다독이고 싶은 마음에서 비롯된 일종의 자기 위안이었는지도 모르겠지만.

어느 날 강의가 하나 들어왔다. 학교 선생님께서 친히 전화를 주셨는데, 통화 끝에 이런 말씀을 덧붙이셨다. "저희 애들이 좀 유명해요. 산만한 데다 말도 잘 안 들어서 좀 힘드실 수도 있는데, 괜찮으시겠어요?" "애들이 다 그렇죠 뭐. 걱정 마세요." 큰소리를 쳐놓고도 늘 걱정이 앞선다.

긴장과 설렘이 적절하게 버무려진 가슴을 안고 학교로 향했다. 버라이어티하게 펼쳐진 교실 풍경을 내 눈으로 확인한 순간, 선생님의 말이 전부 진실이었음을 실감했다. 괜히 겁주려고 덧붙인 얘기가 아니었던 것. 하지만 포기하지 말자. 세상에 나쁜 고등학생은 없다(?)가 나의 모토 아닌가. 짓궂게 구는 아이들조차도 속을 들여다보면 각자의 보석 같은 이야기들을 분명 가지고 있다는 걸, 짧은 강사 경력을 통해 조금씩 깨달아가던 중이었다. 흐음, 이번에는 어떻게 끄집어내지? 고민 끝에 질문 폭격을 시작했다.

'너는 언제 가장 행복해?

무슨 일을 잘하니?

최근에 가장 속상했던 적이 있었어?

뭐 할 때 즐거워?

어떤 어른이 되고 싶어?'

숫자나 단답형으로 대답이 불가능한 질문은 처음 받아보는 듯 정적이 흘렀다. 가만히 나를 쳐다보는 수십 개의 눈동자가 소리 없이 말을 걸어온다. '귀찮게 물어보지 말고 그냥 너 혼자 떠들다 가세요.' 그러면 나는 거기에 주눅 들지 않고—않은 척 하고—아예 한 명을 타깃으로 잡아 더 집요하게 물어보는 것이다. 처음에는 쑥스러움에 쭈뼛거리다가도 한두 명씩 대답을 하다 보면 나중에는 오히려 질문을 받지 못한 아이들의 표정에 묘한 서운함이 스친다. 그럼 성공이다. 그때부터는 언제 그랬냐는 듯 서로 자기 얘기를 하고 싶어서 안달이 난다. 나는 그들의 이야기를 듣고, 또 묻고, 다시 대답하고. 그렇게 스스로를 향한 질문들과, 질문에 대답하기 위해 생각하고 고민하는 과정 속에서 아이들은 자기만의 답을 찾아가기 시작한다.

먹고산다는 것

::

하루를 같이 보내고 나면 어느새 정이 든다. 처음 만났을 땐 새초롬하니 앉아 있던 아이들도 끝날 때쯤이 되면 눈동자에 괜한 애틋함이 서린다. 헤어짐은 늘 아쉽다. 어렵게 작별 인사를 나누고 교실 문을 나서는 순간, 그 진했던 여운은 눈 깜짝할 새 사라진다. 지금부터는 어른들의 세상인 것이다. 아이러니하게도, 내가 강사 생활을 하면서 느낀 가장 큰 회의감은 여기서부터 출발했다.

사실 학교가 외부 강사에게 바라는 건, 학생들에게 하고 싶은 말을 대신 해주는 전달자의 역할 정도인 경우가 많다. 취업을 잘 해야 한다거나 열심히 공부해서 좋은 대학을 가야 한다는 지극히 현실적인 이야기들. 안타깝게도 강사는 강사료를 주는 어른들의 입맛에 맞는 강의를 할 수밖에 없다. 학교의 요구를 넘어서는 행동을 하거나 그들과 조금 다른 의견을 내비치는 건 상도(商道)에 어긋나는 일이고, 룰을 어긴 강사를 다시 불러주는 일은 거의 없으니까. 그러다 보니 이 모든 과정에서 가장 중요시되어야 하는 대상자인 학생들보다, 실제 나의 생계를 쥐고 있는 어른들의 눈치를 더 보게 되는 것이다.

여느 때처럼 강의를 마치고 주섬주섬 가방을 챙기고 있는데, 한 아이가 곁에 다가와 쭈뼛쭈뼛 서성였다. 맨 앞자리에 앉아 조용히 눈을 반짝이던 아이. 무슨 일이냐 물으니 조심스레 인사를 건네던, 나이보다 앳된 목소리가 아직도 기억난다.

> 오늘 태어나 처음으로
> 제 자신에 대해 궁금해졌어요.
> 물어봐주셔서 감사해요, 쌤.

빨리 유명한 사람이 되어야겠다고 생각했다. 어른들이 대신 전해달라는 잔소리 말고, 너희들이 진짜 듣고 싶어하는 이야기들을 내 마음껏 해주고 싶어서.

먹고산다는 것

잘하는 일과
좋아하는 일,

그 어디쯤에서

잘하는 일을 해야죠.
좋아하는 일로 먹고 살다 보면,
어느 순간 그 좋아하던 일이
지긋지긋하게 싫어질걸요?

　　잘하는 일이 좋아하는 일이면 얼마나 좋을까.
문제는 대부분 그렇지 못하다는 거지. 나는 늦잠 자는 게
좋다. 폭신한 이불에 모로 누워, 옆구리에 행운이를 끼고
그 복슬복슬한 머리털을 만지는 걸 좋아하지만 그렇게 한

다고 해서 먹고사는 문제가 해결되진 않는다. 부모님이 건물주이거나 내가 억대 수입을 올리는 유튜버가 아닌 이상 원하든 원치 않든 직업을 가질 수밖에 없다. 거기서부터 시작된 고민. 잘하는 게 뭔지, 좋아하는 건 뭔지 그것부터 모르겠다.

그나마 할 줄 아는 건 글을 쓰는 일이었다. 독서토론과 논술이라는 사교육의 도움으로 어쩌다 보니 꾸준히 글을 썼고, 대학도 논술 시험으로 갔으니까(열아홉, 스무 살 무렵 쓴 글이 지금 쓴 것보다 더 많을 듯). 몇 년 전부터 생긴, 스트레스를 받을 때면 무언가를 끄적이는 요상한 습관도 한몫했다. 게다가 노트북 하나만 있으면 어디서든 할 수 있으니, 디지털 노마드를 꿈꾸는 나에겐 완벽한 일거리였다. 근데, 답을 찾으면 뭐하나.

글 잘 쓰는 사람 너무 많아.

어느 분야건 상관없이 이미 재능의 포화상태인 게 문제였던 거지. 뛰어난 사람이 없는 곳이 없더라. 사람들이 도전을 망설이는 건 아마 이런 이유 때문일 것이다. 비유하

먹고산다는 것

자면 치킨집을 차리려고 터를 물색하는데, 가는 곳마다 치킨집이고 그 옆에 카페, 그 맞은편에 또 치킨집이 있는 느낌. 그렇다고 업종을 바꾸자니 마땅치가 않다. 고깃집이 없는 것도 아니고. 횟집은? 술집은? 중국집은? 결국 하늘 아래 대단히 새롭고 특별한 건 없다는 얘기지.

그러니까, 잘하는 걸 찾는 것도 중요하지만 내가 뭘 좋아하는지에 대해 좀 더 진지하게 고민할 필요가 있다. 그나마 행복한 순간이 치킨을 튀길 땐가, 고기를 구울 땐가, 회를 뜰 땐가.

어차피 부자는 못 될 거라면 나는 즐겁기라도 해야겠다.

절이 싫어

떠납니다

스물다섯에 첫 취업을 한 이래로 이렇게 오래 쉬어본 적이 없었다.

불행인지 다행인지 이직을 할 때마다 퇴사와 동시에 거의 바로 다음 직장으로 출근을 했었으니까. 하지만 이번에는 조금 달랐다. 이곳이 제 마지막 직장입니다, 무려 은퇴(?) 선언을 한 것이다. 그렇게 미련 없이 당당하게 회사를 나온 지 벌써 1년 반 만에 나는 다시 '직장인 편채원'으로—염치도 없이—돌아오고 말았다.

::

　Y와의 인연으로 시작한 강사일은, 힘든 만큼 확실히 성취감은 있었다. 지방 강의가 있을 땐 캄캄한 새벽부터 집을 나서야 했고, 연극처럼 라이브(?)로 하는 강의 특성상 혹시 실수라도 하지 않을까 하는 불안감에 며칠이고 잠을 설치기 일쑤였던 그때. 특히나 첫 강의에 대한 기억은 아직도 그날 느꼈던 세세한 감정들 하나하나까지 전부 선명하게 떠오른다.

　특성화고 3학년 학생들을 대상으로 하는 두 시간짜리 강의였는데, 그 두 시간을 위해 2주 동안 밤낮으로 자료를 다듬어가며 자연스러워 보일 때까지 리허설을 하고 또 했다. 수십 명이 넘는 학생들 앞에서 대여섯 시간씩 말을 해야 한다는 건 생전 처음 겪어보는 형태의 부담감이었지만, 그것도 나름 익숙해지니 즐길 수 있게 되었다. 유난히 호응이 좋은 반을 만나는 날엔, 내가 마치 아이돌이라도 된 것 같은 착각에 빠지기도 했으니까.

그렇게 10개월을 주둥이와 발바닥에 불이 나게 뛰었건
만, 결국 나는 그쪽 세계에 온전히 흡수되지 못했다. 묻지
도 따지지도 말고 까라면 까야 하는 식의 강의 의뢰에, 약
속된 페이를 받지 못하는 경우도 더러 있었다. 부당함에
대해 항의라도 하면, 그 뒤로는 강의를 주지 않는 식으로
답변을 대신해왔다. 그런 상황에서 내가 할 수 있는 건 많
지 않았다. 버티려면 어찌저찌 버틸 수도 있었겠지만, 그
러기엔 나는 이미 회생이 어려운 상태로 몸도 마음도 지
쳐버렸다.

　　— 웬만큼 이름 있는 강사가 아니고서야, 대부분은
　　　'을'이지. 을 중의 을.

　　강사료를 떼먹힌 날, 설상가상으로 업체 담당자가 잠수
까지 타는 바람에 갈 곳을 잃은 나의 하소연에 Y가 대답
했다.
　　"당신 아니라도 이 일할 사람 많다는 거지. 근데 이번
같은 경우는 나도 강사 생활 8년차에 처음 봐. 되게 황당
하다."

::

　일이 꼬이려면 어떻게든 꼬인다는 게 이런 상황을 두고 말하는 건가. 누구는 강사생활 8년 하면서 처음 보는 일이, 시작한 지 1년도 안 된 나에게는 벌써 서너 번 넘게 일어났다. 그렇게 의도치 않은 애매한 갈등이 생기다 보니 같이 일할 업체가 남아날 리가.

　이쯤 되면 그들이 아니라 내가 이상한 사람인 것 같다. "언니 이상한 사람 맞지. 뭐 이런 애가 있나 싶을 거야. 말 안 듣고, 할 말 다 하고." Y가 장난스럽게 웃었다. 그리고 보면 새삼 Y는 대단한 인간이다. 나보다 더 고집 있고 뚜렷한 색을 가졌음에도 불구하고 절대 튀거나 필요 이상으로 자신을 드러내지 않는다. 그러니까, 카멜레온처럼 주변의 색을 보호색으로 활용할 줄 안다는 뜻이다.

　사사건건 쓸데없이 튀어버리는 나와 달리, 그녀는 어떤 일이 생겨도 유연하고 재치 있게 잘 대처할 줄 아는 베테랑이었다. 물론 실력은 말할 것도 없고. "근데 정말 그만두려고? 조금만 더 버텨보지." 아쉬움과 걱정이 묻어나는 Y의 질문에 나 또한 지금껏 고생한 게 아까워서라도 그럴까 싶었지만, 이내 고개를 저었다. 솔직히, 뜯어고치고 싶은 부분이 한두 군데가 아니다. 업체들은 강사 시급을 후려치고, 학교는 그걸 방관하고, 강의의 질은 떨어지고, 그 피해는 고스란히 학생들의 몫이니.

— 내가 뭘 할 수 있겠어.

무기력한 대답이었지만 내가 할 수 있는 말은 그것뿐이었다. 마뜩찮거나 부당하다고 생각되는 부분이 있어도 나는 그걸 바꿀 수 없다. 그나마 바꿀 가능성이 있는 건 나 자신인데, 그렇게까지 해야 하나.

모양이 다른 틀에 억지로 몸을 구겨 넣어 겨우 맞는 척은 할 수 있어도, 내 성격상 그 인내심이 얼마나 가려나. 절이 싫으면 중이 떠나야 하는 법. 그것이 내가 내린 결론이었다.

임시보호

　　이런저런 사건 사고 끝에 나는 다시 누군가가 만들어놓은 튼튼한 울타리 안으로 돌아왔다. 덕분에 적어도 1년간은 안전을 보장받게 되었지만, 이 또한 언제 내쫓길지 모를 임시보호에 불과하다.

　　그러니 지금의 안락함에 익숙해져선 안 된다. 때가 되면 나는 내 의지와 상관없이 유기되거나, 혹은 이전처럼 스스로 떠나는 길을 선택해야 할 테니까.

여지없이

내
실수

입사한 지 한 달쯤 됐을 때의 이야기다.

이제 막 새로운 분위기에 적응해 업무 분장을 기다리고
있던 나에게, 어느 날 작은 일거리 하나가 주어졌다. 가능
한 한 빠른 시일 내로 열여섯 명의 일정을 맞춰 회의를 잡
아달라는, 조금은 까다로운 미션.

고등학교 친구 넷이서도 시간 맞추기가 어려워 1년에
한 번 얼굴을 볼까 말까인데, 열여섯 명의 일정을 조정하
는 건 결코 쉬운 일이 아니었다. 게다가 때는 7월 말 극성

수기 휴가철. 모든 참석자의 스케줄을 다 고려해서, 겨우 겨우 열흘 후로 날짜가 정해졌다. 문제는 긴급한 건이다 보니 열흘 후까지 기다릴 수가 없었던 것. 결국 주요 참석자들 위주로 일정을 다시 맞춰, 원래 예정보다 일주일 앞당겨진 3일 후 저녁 6시에 회의를 진행하기로 최종 결정됐다. 나는 참석자들에게 변경된 일정을 메일로 보내고 나서야 가벼운 마음으로 퇴근할 수 있었다.

::

회의 당일이 됐는데, 어쩐 일인지 똥 마려운 강아지마냥 하루 종일 안절부절못했다. 회의 시간이 가까워질수록 스멀스멀 올라오는 초조한 기분. 대체 이 불안감의 근원은 무엇인가. 5시 30분. 모니터 화면에 시계만 쳐다보고 있던 나는, 문득 주요 참석자 중 한 명의 근무지가 서울 강남 쪽이라고 말했던 것이 떠올랐다. 회의가 열리는 판교 사무실에 6시까지 도착하려면 이미 출발했었어야 하는 시간. 설마 하는 마음에 메시지를 보냈다. 부디 내 촉이 틀렸기를 바라며.

— 잘 오고 계시죠?

　메시지 옆에 1이 사라졌는데, 답장이 없다. 운전 중이라 답을 못하시는 거겠지? 애써 긍정적인 의미로 해석하고 있는데, 갑자기 전화벨이 울린다. 순간 소름이 돋았다. 전화를 받지 않고도 알 수 있었다. 무언가 단단히 잘못되었다는 걸.

— 이 메시지, 무슨 말이에요? 회의가 오늘이었나요?

　메일을 받지 못했다고 했다. 그리고 그가 메일을 받지 못한 건 메일이 가지 않았기 때문이었다. 아니, 어쩌면 애초에 내가 메일을 보내지 않았다고 하는 것이 더 정확할 것이다.

　망했다. 모든 게 다 끝났다. 이 길로 퇴근해서 당장 내일부터 회사를 안 나와야겠다고 생각했다. 다른 사람들도 없는 시간을 겨우 짜내서 참석했건만 주최자인 그가 없으면, 회의는 흔한 말로 앙꼬 없는 찐빵이었다. 대체 이 일을 어찌 수습해야 할지 머리가 새하얘졌다. 무슨 짓을 해도 나

　　　　　　　　　　　　　먹고산다는 것

는 책임을 면할 수가 없었고, 그렇다고 뒷일을 감당할 자신도 없었다. 그건 그러니까, 굳이 비유를 찾자면 출근길 만원 지하철에서 오줌을 지린—아직까지 그런 적은 없었지만—느낌이었다. 차라리 인생을 다시 시작하는 게 더 빠를 것 같았다.

그냥 퇴사할까.

책임지고 옷 벗는다는 게 이런 거겠지. 조금 오버스럽긴 해도 이 정도면 퇴사도 각오해야 할 거야.

어느 순간 울컥 차오르는 이 감정은 억울함에 가까웠다. 순순히 '제 잘못입니다.'라고 인정하고 싶은, 아니, 인정할 수 있는 사람이 세상에 얼마나 될까.

지금도 그렇다. 온전히 나만의 잘못이라고 하기에는 조금 억울한 상황. 모든 실수에는 나름의 변명거리가 존재하기 마련이고, 없다 한들 만들어내면 그만이었다. 내 경우에는 분명 꼼꼼히 확인했는데 어찌된 영문인지 하필 그에게만 메일이 전달되지 않았으니, 시스템 오류 따위를 탓하고 싶은 마음이 일기도 하는 것이다. 그는 지금 당장 출발하겠다며 전화를 끊었고, 불행 중 다행으로 회의 시작 시간이 15분 늦춰지는 정도로 상황은 일단락되었다.

어쩌면,

모두를 위한
변명

　　생각해보니 몇 년 전에도 이런 비슷한 일이 있었다. 무슨 일이었는지는 전혀 기억이 나지 않는데도, 실수를 직감하는 그 순간 나를 감싸오던 서늘한 느낌만큼은 유독 잊히지가 않는다. 심장이 쪼그라들다 못해 사라지는 기분. 이건 분명 퇴사감이다. 이 정도면 알아서 퇴사해야지, 어떻게 얼굴 들고 다니겠어?

　혹시 모를 최악의 순간도 머릿속에 그리던 그때. 별거 아니라 생각하면 별거 아니고, 큰일이라 생각하면 한없이 큰일이 되는 일들. 어쨌거나 내 잘못으로 다른 사람의 입

장이 곤란해졌다는 사실은, 나에겐 그 자체만으로도 퇴사
까지 고려할 충분한 사유였다.

　나갈 때 나가더라도 사과는 드려야겠지.

　그간의 사회생활을 통해 배운 깨달음 중 하나는, '때로
는 정면돌파가 답'이라는 것이었다. 내 딴에는 일이 그렇
게 틀어질 수밖에 없었던 자초지종을 다 설명하고 잘못을
조금이라도 덜어내고 싶겠지만, 사실 그 뒷이야기에는 아
무도 관심이 없다. 상황을 모면하기 위해 이유와 변명을
늘어놓을수록 나만 초라해지고 내 무능력함만 더 드러날
뿐이었다. 하여, 무의미한 몸부림을 치느니 차라리 깔끔하
게 잘못을 인정하는 것이 일을 수습하는 데 있어서도, 그
리고 나를 위해서도 더 나은 선택이었다.

　퇴사까지 각오하면 못할 일이 무에 있으랴. 나는 그에
게 직접 사과하기로 결심했다. 진심을 전할 땐 되도록 얼
굴을 보고 얘기할 것. 내 삶의 작은 철학이었다. 퇴근을 미
루고 회의가 끝나기를 기다렸다. 도망가고 싶은 마음을 겨
우 붙들어 회의실 앞에 도착했다. 가늘게 난 문 틈새로 안
을 기웃거렸으나, 이미 끝났는지 아무도 없었다. 나는 잠

시 고민하다, 에라 모르겠다는 심정으로 전화를 걸었다.

— 여보세요오…….

혼날 각오를 했음에도 불구하고, 잔뜩 겁먹은 목소리
는 감출 수가 없었다. 간단한 상황 설명과 함께 나의 실수
로 일을 곤란하게 만든 것에 대한 미안한 마음을 전했다.
제발 음성만으로도 오해 없이 잘 전달되었길 바라며 그의
답을 기다렸다. 수화기 너머로 뜻밖의 작은 웃음소리가 들
렸다.

— 아니, 뭘 그렇게까지. 하하, 아니에요. 회의는
   무사히 잘 끝났으니 너무 신경 쓰지 마세요. 고
   생하셨어요.

예상 못한 반응에 어안이 벙벙해진 나는, 통화 중이라
는 것도 잊은 채 허공에다 대고 연신 고개를 숙이며 나를
지옥에서 꺼내준 그에게 미안함과 고마움을 표현했다. 입
사하자마자 대책 없는 실수를 저질렀다는 것에 대한 자책
과 마음고생으로 마치 1년처럼 느껴지던 하루.

먹고산다는 것

다행히 상황은 생각했던 것보다 원활하게 수습되었고—나중에 들은 얘기로는 회의의 결론이 좋게 마무리된 것도 한몫했던 것 같다—나는 실업자가 될 걱정을 당분간 좀 더 미뤄도 된다는 사실에 안도했다.

::

다음엔 또 무슨 일로 마음을 졸이려나. 버릇처럼 몸에 배어버린 걱정을 애써 떨쳐낸다. 아무리 애써도 사람이기에 때로는 실수도 하고, 이따금씩 의도치 않게 난감한 상황들이 발생하기도 한다. 그럴 때면 늘 최악의 상황까지도 염두에 두지만, 지금까지의 경험으로는 정작 그런 상황은 생각처럼 쉽게 오지 않았다.

그래, 사회생활이란 게 다 그런 거지 뭐. 자신의 잘못을 인정하지 않고 남에게 전가하기 바쁜 낯 두꺼운 사람들도 얼마나 많은데, 그러지 않는 것만 해도 어디야. 이 민망함 또한 곧 지나가리. 직장인 N년 차, 이젠 그럴싸하게 스스로를 위로할 줄도 알게 된 것이 자랑이라면 자랑이다. 거기에 더해 약간의 뻔뻔함까지. 일 잘하는 사람의 조건? 내가 싸지른 똥은 내가 알아서 치우는 거. 그리고 때로는 다른 누군가의 실수를 너그러이 이해해주기도 하면서 어제보다 좀 더 용기 있는 내가 되는 거.

그거면 충분한 거 아냐?

세상을

바꾸는
쉬운 방법

글은 나에게 일종의 자위 수단이었다.

처음엔 그저 의미 없이 내뱉는 한숨에 불과했으나, 나는 그로 인해 내 안의 감정을 들여다보고 스스로를 위로할 수 있게 되었으며, 서툴지만 타인을 향해 손 내미는 법을 배웠다. 차마 마주할 용기가 없어 덮어두었던 지난한 시간들을 전부 쏟아내고 나서야, 비로소 나는 나를 조금이나마 이해할 수 있었다. 그것은 마치 방금까진 무릎에 빨간약을 바르는 것 같은 따끔거림을 동반했지만, 오래전부

터 앓고 있던 상처의 통증에 비하면 아무것도 아닌 아픔
이었다.

하여 나는 기꺼이, 나의 치부를 세상에 내보이기로 결
심했다. 지금의 나를 이루고 성장하게 만든, 그래서 더 영
영 감추고 싶었던 지극히 개인적인 생각과 행동과 감정들.
엉망으로 늘어놓은 삶의 서랍 속에서 찾아낸 이야깃거리
들을 단어와 문장으로 찬찬히 엮어나가기 시작했다. 많은
사람들에게 인정받고 싶다거나 대단한 결과를 기대한 건
아니었다. 그저 누군가의 손끝과 마음에 닿는 한 줄의 위
로가 되기를, 남몰래 바랄 뿐이었다.

::

글이 써지지 않는 날이 늘어갔다.

아니, 차마 쓸 수 없었다고 표현하는 것이 더 맞겠다. 언
제부턴가 나는 주변의 눈치를 보고 있었다. 대단히 불행
하지도, 대단히 행복하지도 않은 어정쩡한 삶. 그다지 특
별할 것 없는 경험들. 분명 세상엔 이보다 더 큰 슬픔과 고
통과 위로와 깨달음이 있을 텐데, 이름 없는 작가의 하소
연까지 신경 쓰기엔 세상은 너무나 바빴고 사람들은 이미

먹고산다는 것

잔뜩 지쳐 있었다. 끝이 보이지도 않는 바닥으로 한없이 가라앉는 기분. 나에겐 소중한 경험들이 다른 이들에겐 하찮은 에피소드에 지나지 않는다는 사실이 나를 주눅 들게 했다. 내가 쓰는 문장들이 정말 누군가에게 가 닿긴 하는 걸까. 부끄러움과 두려움을 무릅쓰고 꺼낸 나의 이야기가 정말 그만한 가치를 갖고 있는 걸까. 어쩌면 모든 것이 다 나 혼자만의 착각은 아니었을까.

이거 봐, 연연해하지 않는다면서 또 이렇게 혼자 기대하고 실망하지. 자조 섞인 웃음이 나왔다. 언제는 하고 싶은 얘기를 마음껏 할 수 있는 것만으로도 글 쓰는 의미가 있다더니, 누가 안 봐준다고 벌써 지친 거야? 네가 언제부터 그렇게 대단한 글쟁이였다고.

그래 맞아, 내가 무슨 대단한 글쟁이라고. 그런데 가끔은, 들어주는 사람도 없는데 혼자 열심히 떠드는 내가 바보같이 느껴지곤 해.

바보가 되면 좀 어때? 너에겐 의미 있는 일이잖아. 괜한 사명감 같은 거 가질 필요 없어. 스스로 위로할 수 있다는 것만으로도 네가 글을 쓰는 이유는 충분하니까.

　　그치만, 괜한 짓을 하는 건 아닐까 겁난단 말야.

　　모르는 소리 마. 넌 네가 생각하는 것보다 훨씬 강한 사람이야. 안 그랬으면 여기까지 오지도 못했을 걸? 누가 알아주지 않더라도 묵묵히 네가 하고 싶은 말, 쓰고 싶은 이야기를 써. 지금껏 그래왔듯이.

　　정말 그래도 될까.

　　물론이지. 모두에게 인정받으려 애쓰지 마. 너의 글이 누군가 단 한 사람에게만이라도 위로가 된다면, 그걸로 됐어. 때때로 가슴에 박힌 문장 하나가, 한 사람의 세계를 완전히 바꿔놓기도 하니까. 그럼 넌, 누군가에겐 세상을 바꾼 사람이 되는 거지.

　　　　　　　　　　　먹고산다는 것

인간은

  같은 실수를
  반복한다

    글이란 건 하고 싶은 말이 떠오른 그 순간에 바로 써 내려가지 않으면 안 된다.

  단어 몇 개만 적어놔도 될 것 같지만, 그 정도로는 어림도 없다. 잠자기 전 머릿속을 스치는 수많은 단어와 문장들은, 아침이면 이미 어디론가 도망간 상태다. 감정이나 감성 같은 애매모호한 개념들은 휘발성이 너무 강해 찰나에 사라져버린다. 때로는 내가 잊었다는 사실조차 잊어버리는 바람에 그나마 자책감이 덜할 때도 있지만, 대부분은

'아차, 내가 또 잊었구나.' 하는 원망스러운 확신만 남아서 문제다.

::

그래서 나는 늘 머리맡이든 어디든 손이 닿는 곳에 휴대폰을 두는데, 가끔씩은 온통 암흑인 공간에서 환한 불빛을 켜기가 도통 껄끄러운 날이 있다.—단순히 귀찮은 걸지도 모르겠다—그럴 때면 나의 기억력을 믿어보기로 하고 그대로 의식의 끈을 놔버리는 것이다. 다음 날 아침이 되면 여지없이 찾아오는 자괴감. 내 기억력이란 놈은 언제나처럼 배신을 때린다.

이런 일이 한두 번이 아니다. 이만하면 의심스러울 만도 한데, 꼭 발등을 찍히고 나서야 후회를 한다. 그렇게 떠나보낸 생각들만 엮어놔도 아마 책 두어 권은 가뿐히 썼을 테지. 이 글 또한 잠자리에서 간단히 써둔 단어와 문장들을 이어놓은 것이다.

하지만 애석하게도 그날 밤 느꼈던 세세한 감성까지는 완벽하게 되살려내지 못했다. 떠오르는 순간에 바로 적어

먹고산다는 것

놓기만 하면 해결되는 문제라지만, 그러다 보면 밤을 꼬박 새게 된다. 그럼 난 또 게슴츠레 눈을 뜨곤 병든 닭처럼 골골 대며 어영부영 하루를 보내겠지. 매번 잠자리에서 이러니 난감한 노릇이다. 어쩌면 나에겐 작가로서의 소명보다 수면에 대한 욕구가 더 강렬한지도 모르겠다.

인간의 욕망은 끝이 없고, 같은 실수를 반복한다.

나는 늘 이렇게 스스로의 인간다운 면모를 발견한다.

절망과

욕망
사이에서

　개인방은커녕 책상 하나 놓을 자리도 없는 좁은 집에서 글을 쓰기란 여간 곤혹스러운 일이 아닐 수 없습니다.

　그나마 식탁이 책상의 역할을 대신하고 있습니다만, 팔걸이가 없는 의자에 오랜 시간을 앉아 있다 보면 온몸이 배배 꼬이기 시작하지요. 식탁이 불편해지면 침대로 자리를 옮깁니다. 그리곤 헤드에 몸을 기댄 채 무릎을 세우고 앉아 허벅지 위에 노트북을 얹습니다. 마우스는 쓸 수 없

　　　　　　　　　　　　먹고산다는 것

지만 그런대로 괜찮습니다. 그 정도의 불편함은 견딜 수 있으니까요. 아, 침대가 주는 특유의 나른함을 이겨내는 건 여전히 어려운 일이네요.

아예 베개까지 베고 누워버리면, 누렇게 바랜 천장이 시야에 들어옵니다. 안 그래도 낮은 천장이 하루가 다르게 나를 향해 다가오는 것 같은 느낌은, 단순히 저만의 착각일까요. 우울한 날에는 마치 저 천장이 커다란 엄지손가락이 되어 날파리 같은 나를 그대로 꾹 눌러 죽일 것 같은 기분이 듭니다.

영원히 이곳을 벗어나지 못할 것 같은 무기력감.
어떻게 해도, 나는 저 천장을 뚫고 나갈 수
없을 것 같습니다. 어제나 오늘이나 내일이나
별반 다르지 않을 거라면,
굳이 아등바등 살 필요가 있을까.

벽지만큼이나 누렇게 퇴색된 하루, 딱히 죽고 싶은 건 아니지만, 그렇다고 살아야 할 의미도 찾지 못한 날들의 연속.

::

　예전엔 방이 있어도 잘 안 들어갔는데, 막상 없으니 더 갖고 싶은 건지도 모르겠습니다. 한때는 저에게도 혼자만의 멋진 공간이 있었습니다. 요즘 같으면 SNS에 사진을 찍어 올려 자랑하고 싶을 만큼 예쁘게 꾸며진 방 말입니다. 한 스물서너 살까지만 해도 먹고사는 걱정은 전혀 안 했던 것 같습니다. 저희 집이 잘사는 줄 알았거든요. 아빠 없이 엄마와 저 둘뿐이었지만 그래도 넓은 집에 살았고, 먹고 싶은 게 생기면 그때그때 먹었으며, 부족함 없이 배웠으니까요. 아마 집안 사정이 어려워진 지는 꽤 됐을 테지만, 엄마는 딸에게 힘든 티를 내고 싶지 않으셨을 거예요. 언제부터인가 집은 조금씩 작아져가고, 거기에 반해 엄마의 한숨은 점점 늘었다는 걸, 그저 눈치로 알았을 뿐입니다. 저만의 공간이 완전히 사라진 건 이제 4년 정도 되었네요.

　그걸 알면 열심히 일해서 집안에 보탬이 될 생각은 하지 못할 망정 꿈이니 행복이니 떠들면서 글이나 쓰고 있는 스스로가 때로는 한심스럽기도 합니다. 그러면서도 한

편으로는, 몸도 마음도 편안하지 않은 덕에 글이 써지는 것 같기도 하고요. 만사가 평온할 때는—자주 있는 일은 아니지만—오히려 머릿속에 아무것도 떠오르지가 않습니다. 이래서 예술가들이 자기 자신을 자꾸 못살게 굴고, 우울을 자처하는 건가 싶기도 합니다.

주어진 현실을 겸허히 받아들이는 것,
그리고 그에 수반하는 감정들을 다루는 일은,
여전히 어렵습니다.

언젠가 고흐의 생애에 관한 책을 읽은 적이 있습니다. 사실 살아생전의 고흐는 누구에게도 인정받지 못했다고 합니다. 그래서 평생을 가난하게 살았다죠. 문득 그런 생각이 들었습니다. 죽고 나서야 유명해진 것에 대해 고흐는 아무런 원망도 없었을까. 아직 예술가 지망생에 불과한 저로서는 은근 억울할 것 같거든요. '흥, 내가 힘들 땐 다들 모른 척하더니 왜 이제 와서 알아주는 척이람.' 어쩌면 고흐는 자신의 예술성이 자살을 통해서만 완성될 수 있다고 믿었던 걸까요.

::

　　매 순간 스스로에 대한 존중과 타인으로부터의 인정 사이에서 고민하는 저를 발견합니다. 그저 글을 통해 나를 표현할 수 있는 것만으로도 충분하다는 마음과 그래도 이왕이면 누구나 공감할 수 있는 글을 쓰고 싶다는 두 가지의 상반된 마음이 제 안에서 불편한 동거를 하고 있습니다.

　　아마 후자는, 나를 짓누르는 이 빛바랜 절망에서 하루빨리 벗어나 안전한 나만의 공간을 갖고 싶다는 속물적 염원에서 비롯되었는지도 모르겠습니다. 매번 현실의 벽에 부딪히면서도, 언젠가 저것을 넘어버리겠다는 주제넘은 욕망을 누그러뜨리기가 쉽지 않습니다. 아니, 꼭 그렇게 하고 말 거라고 다짐하고 또 다짐해요.

　　그러기 위해서라도 '모든 예술은 절망에서 나온다.'는 저의 개똥철학을, 다시 한 번 믿어봐야겠습니다. 언젠가 나의 우물까지도 사랑할 수 있는 날이 온다면. 저 낡은 천장도 그리움의 한 조각으로 남겨질 테니까요.

방황하기엔 적지 않은 나이 서른둘.

누군가는 떠돌이 생활이 뭐 그리 좋으냐고 묻지만,

어쩌면 매번 새롭게 만나는 인연들이

지금의 나를 존재하게 만들었는지도 모른다.

때로는 결핍 속에서만 느껴지는 충만감이 있다.

주변의 시선을 조금만 차단하면,

할 수 있는 것들이 많아진다.

오랜만에 마음의 스위치를 껐다 켜니 용기가 충전됐다.

그래, 다시 걸으면 된다. 그뿐이다.

Part
2

사랑한다는 것

어느 누구 하나 소중하지 않은 이가 없다.

우리는 모두 누군가의 그리움이자 청춘이었으니

고마운

　　당신에게

　　　너와 처음 크게 싸운 날 홧김에 잘라낸 머리카락이 어느새 많이 길었다.

　각자의 휴대폰에서 서로의 전화번호를 지운 지 두 달, 살이 좀 빠진 것 같아 오랜만에 몸무게를 재보니 앞자리 숫자가 바뀌어 있다.

　탁해진 머릿속을 비워보려 하던 일을 잠시 덮어두고 밖으로 나왔다. 하늘은 그날처럼 여전히 푸르렀으나 코끝을 스치는 바람의 온도가 예사롭지 않다. 부쩍 빨라진 계절의 변화.

가을은 곧 겨울에게 자리를 양보한 뒤 떠나갈 것
이고, 끝은 또 다른 시작을 불러오겠지.
굳이 애쓰지 않아도,
그렇게 시간은 자연스레 모든 것을 해결해준다.

어쨌거나 나는 한 뼘 더 자랐다. 이제는 머리가 묶이기
도 하고, 몇 년 동안 옷장 구석에 쳐 박아두기만 했던 26
인치 청바지도 입을 수 있게 되었으니까. 그래, 너와 내가
사랑한 덕분에. 누구보다 가까웠던 서로가, 완벽히 모르는
사람이 된 덕분에.

여름의

길목에서

오랜만에 만난 12년 지기 친구 P와 술을 한잔
했다.

술을 잘 마시지 못하는 나 때문에 밥을 먹고 카페를 가
는 것이 우리의 일반적인 코스였지만, 오늘은 왠지 그러고
싶지 않았다. 나이는 충분히 먹을 만큼 먹은 것 같은데도
술이 가지고 있는 특유의 쓴맛에는 여전히 익숙해지지 못
했다.

그냥 평소처럼 카페나 가자며 내 팔을 잡아끄는 P에게

되도 않는 오기를 부렸다. 우리는 작은 이자카야로 향했고, 나는 고작 소주 석 잔에 초저녁부터 얼큰하게 취해버렸다. 혀가 잔뜩 꼬부라진 친구를 그냥 보낼 수 없었던 P가 자신의 집에서 자고 갈 것을 권했으나, 나는 또 무슨 고집이었는지 말릴 새도 없이 잽싸게 지하철 개찰구 안으로 들어가버렸다고 한다.

::

P와 헤어진 지 한 시간 만에 집 앞 정류장에 도착했다. 내 술버릇(?) 중 하나는 집이 가까워질수록 정신이 드는 것인데, 오늘도 별반 다르지 않았다. 옅은 알코올 냄새 사이를 비집고, 익숙한 라일락 향기가 밀려들어온다. 여느 때보다 진한 향기에, 조금 남아 있던 술기운까지 완전히 가셔버렸다. 눈을 비비고 휴대폰을 꺼내 들었다. 부옇게 보이는 화면을 옷소매로 슥 문지르고 시간을 확인하니 막 12시가 넘어가고 있었다. 화악, 습한 기분이 몰려온다. 그러고 보니 아까부터 시야가 흐렸던 이유는 술 때문이 아니라, 안개비가 내린 탓이었다. 평소보다 진한 라일락 향도 다 이 안개비 때문이었으리라.

사랑한다는 것

매년 4월 하순이 되면 우리 동네 아파트 단지 입구에 심어져 있는 라일락 나무에 꽃이 피기 시작한다. 그렇게 만발한 라일락꽃 향이 어찌나 향긋한지, 평소 꽃이나 나무에 크게 관심이 없던 나조차도 그곳을 지날 때면 잠시 걸음을 멈출 수밖에 없었다. 그래, 벌써 그럴 때가 됐구나. 라일락 향이 짙어지기 시작한다는 것은 여름이 멀지 않았다는 뜻이다. 사실 라일락 향기는 나에겐 초여름 내음으로 더 익숙하다. 그리고 그것은 언제나 이미 오래전에 떠나보낸 이를 떠오르게 했다.

:::

언제부턴가 나도 모르게 사람을 계절의 향으로 기억하기 시작했다. 초봄, 초여름, 한여름, 가을, 늦가을, 초겨울, 한겨울처럼, 그중 누군가는 의외로 쉽게 옅어지기도 하고, 누군가는 매년 그 계절이 되면 기억 저편에서 돌아오기도 한다.

그건 내 의지로 나누거나 기억하는 것이 아니라, 나의 무의식이 제멋대로 벌이는 일이다 보니 도무지 어찌할 도리가 없다. 과거를 마음대로 지울 수 있다면 얼마나 좋을까. 현재가 행복하다고 해서 지나온 시간들이 아무것도 아니게 되는 건 아니라는 사실을, 나는 순순히 인정할 수밖에 없었다.

때때로 사랑이란 건
그 효용이 끝나고 한참이 지나고 나서야
의미를 찾기도 한다.
흐릿해지는 기억을 따라 통증도,
그의 향기도 서서히 옅어져 갈 때쯤에야
비로소, 외면하고 싶었던 기억조차
사랑이었음을 알게 된다.

그렇게 우리는 어리석기 짝이 없는 사랑과 날카롭기 그지없는 사람에 아파했던 그때의 나를 보듬어가며, 스스로에게 한 발짝 더 다가서는 것이다.

안개비 내리는 밤, 인적이 끊긴 아파트 단지 한 편에서 피어오르는 진한 라일락 향기.

계절은 기억을 불러오고 향기는 추억을 떠오르게 만

든다.

  초여름 내음이 짙어져 갈 즈음이면 어김없이 떠오르는
얼굴 없는 이의 잔상.
  나도 그 언젠가 떠나온 누군가의 계절이었을까.

*라일락의 꽃말 : 첫사랑, 젊은 날의 추억

청춘의
계절,

그해
여름

　　그러니까 정확히 10년 전, 스물두 살 여름의 일
이다.

　엄마와 TV 홈쇼핑을 보고 있는데, 마침 2박 3일짜리 나
고야 관광 패키지 상품이 나왔다. 우리 모녀는 홀린 듯 예
정에도 없던 짧은 여름휴가 계획을 잡았다.

　출발하는 날, 공항에서 처음 만난 일행의 숫자는 그리
많지 않았다. 우리까지 포함해서 세 팀이었고, 인원수는

　　　　　　　　　　　　　　　　　사 랑 한 다 는 것

총 아홉 명이었다. 초등학생 딸 둘을 데리고 온 젊은 부부가 한 팀이었고, 내 나이쯤으로 보이는 남자와 엄마 또래의 중년 여성, 그리고 남자의 할머니로 보이는 분까지 세 명이 다른 한 팀이었다.

일종의 선입견이었겠지만, 20대의 남자가 엄마와 할머니까지 모시고 패키지 여행을 오는 경우는 워낙 드물다 보니, 자연스레 마지막 팀에 눈길이 갔다.—물론 남자의 외모가 눈에 띄게 훤칠하고 잘생긴 것도 한몫했다는 것도 부정하지 않겠다—게다가 여행 콘셉트가 젊은 청춘들을 위한 것이라기보다는 어르신들이 유유자적하기 좋은 코스였기 때문에, 성별을 떠나 비슷한 나이대의 일행이 있을 거라고는 상상도 못했다. 그래도 어쨌든 친구(?)가 있어 덜 심심하지 않을까 하는 생각에 내심 반가웠던 것도 사실.

— 애, 저 남자애 네 또래 같은데. 어때?

빠른 스캔 능력. 역시 우리 엄마다. 당시 사귄 지 2주 만에 남자친구에게 차인 나를 위로해주고 싶었던 건지, 아니면 그냥 어른들 눈에도 호감 가는 인상이라 그랬는지는 모르겠지만, 엄마가 더 들떠 보였다. 이제와 생각해보면 여행 자체보다도 아마 그런 묘한 분위기가 더 설렜던 것 같다. 일상으로부터의 분리, 낯선 장소, 그리고 새로운 사람들까지.

　— 엄마가 친구 만들어줄까?
　— 아, 뭐래. 주책이야. 가족끼리 오붓하게 여행하시게 그냥 냅두세요.

엄마가 진짜 말을 걸까 봐 조마조마했다. 내가 무슨 어린애도 아니고 친구를 만들긴 뭘 만드시려고요. 원체 사교성이 좋은 엄마는 한다면 하는 사람이라, 나는 엄마의 반짝이는 눈동자가 졸음으로 물들 때까지 정신을 바짝 차려야 했다.

::

첫 만남은 늘 어색하기 마련이지만, 여행이란 건 그런 어색함조차 순식간에 무너뜨리는 신비한 힘을 가지고 있다.—남자는 모르겠지만—남자의 어머니도 마찬가지였던

것 같다. 처음 말을 튼 건 우리 엄마와 그의 엄마, 아니, 그
의 고모였다.

> — 어머, 고모셨군요? 그럼 옆에 계신 분은 친할머
> 니?
> — 네, 맞아요. 어쩌다 보니 이렇게 셋이서 왔네요.

남자는 나보다 세 살이 많았다. 엄마인 줄 알았던 중년
여성은 그의 고모였고, 외할머니일 거라 짐작했던 분은 그
의 친할머니였다. 여행 메이트로는 흔치 않은 조합이었다.

> — 애가 무심해 보여도 지 할머니는 또 워낙 챙겨
> 서…… 흔쾌히 따라온다더라고요.
> — 세상에, 요즘 젊은 친구들이 그러기가 쉽지 않
> 은데. 어쩐지 매너도 좋더라.

엄마? 저분이 매너가 좋은 건 대체 어떻게 아셨어요? 차
마 못한 말은 꾸역꾸역 목구멍 안으로 밀어 넣은 채, 입꼬
리를 한껏 올려 착하고 예의 바른 딸의 이미지를 연출했다.

— 옆엔 따님이시죠? 엄마랑 닮았네! 모녀가 사이
    가 좋으신가 봐요.
— 아휴, 애보단 제가 훨 낫죠. 딸이라 그런지 친구
    처럼 지내긴 해요.

또, 또, 저 소리. 입꼬리는 고정한 채로 눈빛으로만 엄마
를 쏘아보았다. 그러다 시선을 돌린 곳에서 남자와 눈이
마주쳤다. 무표정한 얼굴이었지만 그리 차가운 인상은 아
니었다. 이유 없이 시선을 피하기엔 그게 더 민망해서, 어
설픈 고갯짓으로 인사를 대신했다.

한때 나의 청춘이었던, 그와의 첫 만남이었다.

내 하루는

원래 길었다

너랑 있으면 나 아마 금방 죽을지도 모르겠다.
시간이 이렇게나 빠르게 흘러가니 말야.

하루 종일 붙어 있고도 돌아서는 발걸음이 아
쉬워 응석을 부리고 싶은 날이 있다. 그럴 때면 나는 집을
나서려는 주인의 옷자락을 문 강아지마냥 너의 팔을 끌어
당기며 되도 않는 애교를 부렸다. 좀처럼 떨어질 기미가
보이지 않는 나를 웃으며 바라보는 너. 뭐야, 그렇게 웃지
만 말구. 입술이 제멋대로 삐죽댄다. 나이 먹고 이 무슨 주

책 맞은 투정인가 싶다가도 괜스레 네 속마음이 궁금해진다. 너는 아쉽지 않아? 대답이 정해져 있는 뻔한 질문에 너는 참 성실하고 솔직하게 답한다. 금방 또 볼 건데, 뭐.

::

서운함이 덕지덕지 묻어나는 표정을 감출 수가 없다. 더 붙잡고 있으면 질척거리는 느낌만 줄 것 같아 얼른 버스에 올랐다. 자리에 앉아 창밖으로 손을 흔들기 무섭게 돌아서서 걷기 시작하는 뒷모습이 보였다.

서로가 서로를 사랑한다는 걸 알고 있으면서도, 이따금씩 무의식적으로 나오는 너의 건조한 반응에 마음이 아려온다. 언제부터인가 우리의 만남은 종종 마무리가 이런 식이다. 헤어짐을 아쉬워하는 나와 그런 내가 조금 귀찮은 눈치인 너.

괜한 노파심일지도 모르지만, 원래 모든 불안은 지극히 사소한 것에서부터 시작되곤 하니까. 그리고 오늘, 오후가 다 되도록 연락이 없는 걸 보니 내 직감이 완전히 틀리지만은 않은 것 같다.

사 랑 한 다 는 것

하루가 이렇게 길었다는 걸 새삼 잊고 있었다. 오랜만에 느끼는 헛헛함. 너와 있을 땐 그렇게 빠르게 달리던 나의 시간이, 너의 전화를 기다리는 이 순간만큼은 그 어느때보다 느리다. 참 신기했다.

널 만나기 전 나는, 이 공허한 시간들을
대체 무엇으로 채웠을까.
너와 함께한 순간들이 지금처럼 더디게 흘렀다면,
나는 네게 투정부리지 않아도 됐을 텐데.
그랬다면, 네가 나를 지겨워할 일도 없었을 텐데.

::

오랜만에 켠 텔레비전 속 연예인들의 모습이 영 어색하다. 오늘따라 만날 친구도 없다. 입안이 온통 모래를 썹은 것처럼 껄끄럽다. 하루 종일 아무것도 들여보내지 않은 배속이 요동을 칠 법도 한데 아직 잠잠하다. 작은 생각조차 도무지 소화가 되질 않아 머릿속도 비워버렸다. 아무것도 하지 않으니 그대로 시간이 멈췄다. 출근을 앞둔 일요일 저녁, 혹은 너와 헤어지기 싫을 때마다 내심 바랐던 것들.

불가능하다고 생각했던 그 소원들이, 네가 없으니 이루어졌다.

너 없는 하루가 여전히 길다.
내가 없는 너의 하루는 어떤 속도로 흘러갔을까.

사랑한다는 것

로맨스의

　　종말

　　고작 다섯 달. 허울 좋은 친한 오빠 동생 사이
로 2년을 보내고, 서로가 서로의 연인이라는 호칭을 단 지
다섯 달 만에, 우리는 완벽한 남남이 되었다.

　　— 아무래도 네가 여자로 안 보여. 미안해.

　　아니, 왜? 이제 와서? 여자로 안 보인다면서 나랑 왜 사
귀었니? 손잡고 뽀뽀하고 섹스는 왜 했니? 구질구질한 질
문들이 입 밖으로 튀어 나오려는 걸 간신히 참았다. 단순

한 권태기일지도 모르니 조금만 더 만나보자며 바짓가랑이를 붙잡고 싶은 마음을 겨우 억누르고, 덤덤한 척 고개만 끄덕였다. 이제 막 대학 졸업을 앞둔 스물넷, 어설프게 어른 흉내를 내기 바쁜 나이였다.

　— 어떨 땐 동생 같고 가끔은 누나 같고 때로는 친
　　구 같은 네가 좋아서, 그래서 너랑 연애해도 괜
　　찮겠다고 생각했는데, 내가 잘못 생각했던 것
　　같아.

　그의 뒷모습이 시야에서 사라지고 나서야 겨우 마음 놓고 울 수 있었다. 네게 안겨 있을 때마다 언뜻언뜻 스치던 이유 모를 불안의 정체가 이거였구나. 맨살을 맞대고 있는 순간에도, 우리는 서로 다른 꿈을 꾸고 있었구나.

　나는 너의 이야기가 진심이란 걸 알아서, 그래서 더 서러웠다. 차라리 네가 말도 못하게 나쁜 놈이었더라면, 그냥 멍청한 나를 이용해 먹기라도 했더라면, 나 몰래 바람이라도 피웠더라면. 잔뜩 네 탓을 하면서 마음 놓고 너를 미워할 수 있었을 텐데. 네가 말한 이유가 한때 연인이었던 나에겐 더 잔인한 변명이었다. 아닌 걸 알면서도 내 마음은 자꾸만 너를 이해하려 들었다. 어느 한쪽을 탓할 수도, 붙잡을 일말의 명분도 없는 어쩌면 너에겐 완벽했을 이별. 아무렇지 않게 버텨냈던 마지막 순간과는 반대로, 헤어짐의 후유증은 날이 갈수록 심해졌다. 연애 기간이 짧았던 만큼 금방 괜찮아질 법도 한데, 그와의 이별은 유독 힘들고 길게 느껴졌던 건 왜였을까.

::

나는 늘 우연이나 인연, 운명 같은 것들을 동경했다.

저마다 어떠한 연유로, 하필 그 시간에, 하필이면 그 장소를 지나간다는 것. 생판 남이었던 사람과 어쩌다 말을 섞고, 살을 섞는 관계로 발전한다는 것. 존재조차도 몰랐던 이가 언제부터인가 내 삶에 없어서는 안될 존재가 되는 것. 하여 모든 사랑하는 연인들은, 곱할수록 작아지기만 하는 확률의 장난을 넘어서 만난 기적이라는 것. 그러니 우연히 떠난 여행에서 처음 만난 누군가와 인연을 맺는다는 건 나에겐 굉장히 로맨틱한 일이었고, 그렇게 시작된 우리의 관계를 나는 특별하게 여길 수밖에 없었다.

그렇다면, 내가 한 건 정말 사랑이었나.

나는 너를 사랑했을까,
너와의 관계를 사랑했을까.

드물게 찾아오는
영화 속 우연 같은 상황을 사랑했던 건 아니었을까.

그날 그곳에서 만난 사람이
네가 아닌 다른 사람이었다면,
나는 그냥 무심히 지나쳐 가버렸을까.

너라서였을까, 아니면 어쩌다 보니 그 자리에 네가 있었을 뿐이었을까. 혹은 사랑에 빠진 나 자신을 사랑했던 건 아닐까. 잠시나마 주인공이라 행복했던 이 로맨스 영화가, 네가 떠남과 동시에 허무하게 끝나버릴까 겁이 났던 걸까. 화려한 무대 끝에 초라한 현실로 돌아가고 싶지 않은 이름 없는 배우의 마음은 아니었을까.

어릴 적부터 동경해온 운명이니 인연이니 하는 것들도, 헤어짐 앞에선 그저 털어내야 할 한낱 시든 꽃잎 따위에

사랑한다는 것

지나지 않는다는 사실을 인정할 수 없었던 걸까.

다만 나는, 너를 동경했을까.

원하는 걸

주세요

행운이와 함께 살면서부터 저는 주기적으로 사랑에 대한 정의를 업데이트하기 시작했습니다. 일부러는 아니었고, 어쩌다 보니 자연스레 그렇게 되었습니다.

벌써 오래전 일이긴 하지만, 한동안 행운이에게 서운한 마음이 들던 때가 있었습니다. 어릴 적엔 마냥 순하던 아이가 사춘기를 지나면서부터 까칠하게 변했(다고 생각했)거든요. 그날도 저는 행운이의 매력에 폭 빠져 한참을 눈을 맞추고 있다 여느 때처럼 볼을 만지작거렸는데, 글쎄

요놈이 낮게 으르렁대면서 싫은 티를 팍팍 내는 게 아니겠어요? 어쭈 하고 오기로 더 조물락거렸죠. 갑자기 뭐가 번쩍하는 것 같더니 손가락 끝에서 아릿한 통증이 밀려옵니다. 결국 저는 그날 피를 보고야 말았습니다. 아픈 건 둘째치고, 괜한 배신감이 느껴져서 며칠을 혼자 삐쳐 있었습니다. '내가 너를 얼마나 사랑하는데, 그런 나를 물다니. 내 맘도 모르는 이 나쁜 놈!' 정도가 심한 건 아니었지만, 어쨌든 그런 일상이 반복되면서 저도 모르게 행운이는 '그냥 조금 까칠한 아이'라고 판단해버렸던 것 같습니다.

::

행운이에 대한 오해를 풀게 된 건 그러고도 꽤 오랜 시간이 흐른 뒤였습니다. 어느 날 우연히 TV에서 본 반려견 전문가의 말로는 반려동물들의 모든 행동에는 나름의 이유가 있다고 했습니다. 그러니까 사실 행운이는 제가 자기를 귀찮게 할 때마다 '나는 지금 너의 행동이 불편해.'라는 신호를 나름 열심히 보냈던 것이었습니다. 고개를 휙 돌리거나, 자리를 피해버린다거나, 낮게 으르렁거리는 방식으로요. 하지만 제가 그걸 못 알아듣고 계속 성가시게 하니,

자기 딴에는 최후의 수단을 쓸 수밖에 없었던 것이죠.

　행운이가 저에게 원했던 형태의 사랑은, 약간의 거리를
두고 가만히 바라봐주는 것이었습니다. 가만히 서로의 몸
을 기댄 채 온기를 나누는 것이었습니다. 때로는 같이 걷
고, 때로는 서로 속도를 맞춰 뛰는 것이었습니다. 숨이 막
히게 끌어안는다든가, 뽀뽀 세례를 퍼붓는다든가, 귀찮을
정도로 조물락거리면서 '내가 널 이만큼 사랑해!'라고 하
는 건, 행운이의 입장을 전혀 고려하지 않은 저의 이기적
인 표현이었는지도 모르겠습니다. 그것도 모자라 내 마음
을 알아주지 않는다며 우리 사이에 일어난 갈등을 전부
행운이 탓으로 돌리기까지 했으니 말예요.

::

　사람과 사람의 관계도 마찬가지인 것 같습니다. 우리는
각자 자신이 기대하는(받고 싶은) 형태의 사랑을 상대에게
줍니다. 단순하게는 물질적인 것일 수도 있고, 연락의 빈도
나 상대에게 투자하는 시간이 될 수도 있을 거예요. 그러면
서 이렇게 말합니다.

　　　　　　　　　　　　　　　　사 랑 한 다 는 것

내가 좋아서 주는 거니까, 신경 쓰지 말고 받기나 해.

하지만 사람 마음이 어디 그리 잘 조절이 되던가요? 내심 상대도 나에게 그만큼 해주기를 기대할 수밖에요. 그러다 보니 상대의 반응이 나의 예상과 달리 시큰둥하면, 묘한 서운함이 몰려옵니다. 사람들과 함께 있는 걸 좋아하는 사람이 혼자만의 시간을 중요시하는 사람과 연애를 할 때 자꾸만 다투게 되는 것도, 어쩌면 비슷한 이유에서겠죠. 어느 한쪽이 틀렸다거나 잘못해서가 아닙니다. 다만 누군가는 늘 나와 같이 있어주는 사람에게, 다른 누군가는 내 시간을 존중해주는 사람에게 더 큰 애정을 느낄 수도 있다는 사실을 인정할 필요는 있습니다. 그렇지 않으면 사랑이라는 아름다운 명분에서 비롯된 나의 행동들이 때때로 상대를 불편하게 만들기도 할 테니까요.

조금 지저분한(?) 비유일 수도 있는데, 제가 종종 쓰는 표현이 있습니다. 나는 등이 가려운데 상대방이 자꾸 다리만 긁어주려고 하면, 처음엔 그러려니 하다가도 나중에는 짜증이 나지 않겠느냐고. 서로 다르게 살아온 두 사람이 연애를 하는 것도 별반 다르지 않습니다. 표현하지 않으면, 우리는 영원히 서로의 가려운 부분이 어디인지 알 수 없습니다.

그러니까 차라리 등이 가렵다고 솔직히 말하고, 상대에게도 어디가 가려운지 물어봐주는 것이 두 사람 모두에게 더 나은 방법이라는 거죠.

내가 원하는 걸 받고,
상대가 원하는 걸 주세요.
그걸 잘하기 위해선
먼저 상대를 향한 진정한 관심과
내 마음을 터놓을 수 있는 솔직함이 필요합니다.

은근 어렵다고요? 그럼요, 강아지 한 마리와 잘 지내기 위해서도 부단한 노력이 필요한데, 사람은 오죽하겠어요?

사 랑 한 다 는 것

부족한 듯

주세요

엄마와 저는 늘 행운이에게 간식을 줄 때마다 다툽니다.

행운이가 먹고 싶다는 건 다 주려고 하는 엄마와 그런 엄마를 말리는 나. 행운이가 아무리 먹을 걸 내놓으라고 졸라도 저는 꿈쩍하지 않습니다. 그걸 본 엄마는, 시무룩한 행운이의 모습이 괜히 짠했는지 몰래 불러 간식을 챙겨주곤 합니다. 만약 제가 조금 덜 야박했다면, 행운이는 이미 비만견이 되었을 거예요. 어쨌거나 엄마를 조르면 맛

있는 게 나온다는 걸 행운이가 알아버렸으니, 결과적으로
엄마만 귀찮게 되었습니다.

::

사실 행운이가 달라는 대로 간식을 주는 건 전혀 어려
운 일이 아닙니다. 우렁차게 짖는 행운이를 조용히 시키는
데 있어 고구마 한 조각을 던져주는 것만큼 빠르고 간단
한 해결책은 없거든요. 오히려 주는 것이 주지 않는 것보
다 더 쉽습니다.

그런데도 굳이 단호한 태도를 보이는 이유는 행운이의
비만을 막기 위해서입니다. 살이 찌면 보기 싫게 될까 봐
그러냐고요? 설마요. 제 눈에는 살찐 행운이도, 나이가 들
어 색이 변한 눈동자도 그저 사랑스럽기만 합니다.

(물론 그런 일이 있어서는 안 되겠지만) 설령 행운이가
한쪽 다리를 잃는다거나 눈이 안 보이게 된다고 해도 괜찮
습니다. 어떤 모습으로 변한다고 해도 저는 이 아이의 남은
생을 함께해줄 거니까요. 그럼에도 불구하고 끝내 야박한
주인 역할을 자처하는 이유는, 행운이가 사는 동안만큼은
아픈 곳 없이 건강했으면 좋겠다는 저의 유일한 바람 때문

사 랑 한 다 는 것

입니다. 외적인 변화는 전혀 상관없지만, 살이 쪄서 심장이 안 좋아진다거나 무거워진 몸 때문에 침대를 오르내릴 때마다 관절에 무리가 가는 것은 원치 않으니까요.

::

돈도, 음식도, 사랑도, 온갖 것들이 부족함 없이 넘쳐나는 세상입니다. 요즘은 영양실조보다 과도한 영양 섭취로 병에 걸리는 사람이 더 많아졌다죠. 사랑하는 이에게는 무엇이든 주고 싶고, 줘도 줘도 아깝지 않은 것이 사람의 마음이라지만, 이럴 때일수록 더 신중해질 필요가 있습니다. 사랑한다는 명분으로 나의 만족감을 채워왔던 건 아니었는지 생각해봐야 합니다. 무엇이든 '적당히'를 지키는 건 쉽지 않습니다. 나의 애정이 상대방을 살찌우는 걸 넘어서 건강을 해칠 정도가 되어버린다면, 그것을 과연 사랑이라고 말할 수 있을까요.

그러니 나의 반려견에게, 아이에게, 연인에게 무엇이든 해주고 싶어 안달이 날 때마다 스스로에게 한번쯤 되물어볼 필요가 있는 것 같습니다. 내 마음이 편하기 위해 주는 것인지, 아니면 진정 상대를 위한 것인지 말입니다.

때로는 조금 부족한 듯 주는 것이
진정한 사랑인지도 모르겠습니다.
그래서 사랑이 어려운 것인지도요.

언제나
예고 없이

　　찾아오는

　　　　두 번의 장기 연애가 끝났을 때, 내 나이 서른
이었다.

　스물다섯 이전의 연애는 두 계절을 채 넘겨본 적이 없
어서, 이렇게 긴 시간을 누군가와 함께 보낸 건 사실상 처
음이었다. 혼자였던 적이 언제였더라. 혼자인 기분은 어
떤 거더라. 어쩐지 쉬고 싶어졌다. 그동안 눈치 보느라 사
지 못했던 타이트한 원피스를 몇 벌 지르고, 머리를 짧게
잘랐다. 오랜만에 인조 속눈썹을 붙이고 화장도 진하게 했

다. 누군가는 코르셋이라 부르는 강박감 속에서, 도리어 묘한 해방감을 느꼈다. 이대로라면 결혼은커녕 연애 안 하고도 살 수 있을 것 같았다. 그래,

　　나 결혼 안 해.

　헤어짐은 생각보다 아프지 않았다. 이젠 이별에도 아무렇지 않을 수 있는 내공이 생긴 건지, 아니면 그냥 그럴 나이가 되어서 그런 건지, 그것도 아니면 딱 그만큼만 사랑해서였는지는 잘 모르겠다. 분명한 건, 나란 사람은 결혼하기에 그리 좋은 여자가 아니라는 사실이었다. 내 사랑이 고작 이 정도밖에 안 된다는 회의감. 내 마음조차 함부로 확신할 수 없다는 불안감. 나는 조금은 섣부르게 비혼을 선언했다.

　　　　　　　　　　::

　태어나 처음으로 혼자만의 여행을 떠났다. 연말 휴가를 받으면 어디든 떠나리라 마음먹고 충동적으로 비행기 티켓을 끊었다. 목적지는 스페인. 무미건조한 일상에 열정을

좀 뿌려볼 수 있을까 기대했지만, 겨울의 스페인은 열정보다는 서정적인 분위기에 가까웠다. 가족과 연인들로 넘쳐나는 바르셀로나 거리에서, 나는 그야말로 완벽한 타인이었다. 홀로 쓸쓸한 크리스마스 저녁을 먹고 일찌감치 숙소로 돌아왔다. 늘 북적이던 6인실 숙소는 오늘따라 텅 비어 있었다. 차라리 잘 됐다 싶어 오랜만에 여유롭게 샤워를 하고 침대에 누웠다.

— 크리스마스 잘 보내고 있어요?

휴대폰을 보니 카톡이 하나 와 있다. 발신인은 글쓰기 모임에서 알게 된 한 남자. 그러고 보니 그도 이맘때쯤 여행을 떠난다고 했던 기억이 난다. 큰 의미 없는 시시콜콜한 대화가 이어졌다.

— 한국음식 먹고 싶지 않아요?
— 곱창에 소주 한잔 하면 소원이 없겠어요.
— 와, 나도 딱 그 생각했는데.

형식적인 새해 인사와 타국에서 홀로 크리스마스를 보

내는 동병상련을 잠시 공유한 우리는 곧 각자의 세상에서 잠자리에 들었다. 그는 그다음 날 한국으로 돌아오는 비행기를 탔고, 나는 며칠 뒤 귀국하는 비행기에서 2018년 새해를 맞이했다.

::

서울 가면 곱창에 소주 한잔 하자던 빈말이 지켜야 할 약속이 되었다. 그렇게 반쯤은 의무감으로 이루어진 첫 만남이 인연의 시작이었다.

연애가 끝난 직후에는 마음을 달래고 추억을 정리하는 것만으로도 하루하루가 버겁다. 그런데 시간이 지나 혼자인 것이 익숙해질 즈음이면, 또 다른 누군가를 만나 다시 처음부터 알아가야 한다는 생각에 덜컥 새로운 사랑을 시작하기가 두렵다.

하지만 걱정할 필요 없다. 사랑이든 미움이든 감정이 젖어드는 데는 예고가 없으니까. 애쓰지 않아도 자연스럽게, 때로는 알면서도 모르는 척, 가만히 스며들기만을 기다리면 된다.

어차피 인연이란 소리 없이 다가와 곁에 머무르는 것.
부러 소란스럽게 굴지 않아도, 어느 샌가 자연스레 배어나
는 은은한 향기처럼.

그러니 결코, 두려워 말기를.

그저 스미기를.

사랑에 빠지는 건 나의 의지가 아니지만

관계를 지켜나가는 건

오롯이 두 사람의 의지에 달려 있다.

비혼주의자

작년 늦가을 무렵으로 기억합니다.

우연한 기회에 '비혼'을 주제로 한 시사 프로그램에 출연 제의를 받게 되었습니다. 처음 섭외 연락을 받았을 때, 그 짧은 순간에 수많은 생각이 머릿속을 스쳐갔습니다. 비혼? 내가 정말 비혼이 맞나? 근데 비혼이 정확하게 무슨 뜻이지? 방송 함부로 탔다가 괜한 흑역사만 생성하는 거 아냐? 별 영양가 없는 고민이 이어졌습니다. 그래서 저는 '일단 저지르고 보자'라는 평소 신념(?)에 따라 덜컥 수락을 해버렸지요. 남자 친구도 같이 출연해줄 수 있느냐는 요청에, 그의 의사는 물어보지도 않고 바로 가능하다고 답장을 보냈습니다.

::

방송 출연을 계기로 결혼에 대해 처음으로 진지하게 고민을 하게 되었습니다. 평소엔 서로 부담스러울까 미처 꺼내지 못했던 주제에 대해 처음으로, 둘 사이에 솔직한 대화가 오고 갔습니다. 며칠 동안 꽤 진지하게 서로의 가치관을 탐색해본 결과, 둘 다 '아직 결혼은 잘 모르겠다'는 조금 심심한(?) 결론이 났습니다. 상대방에 대한 확신과는 별개로 나라는 사람이 결혼이라는 제도에 잘 적응할 수 있을지, 늘어날 역할들까지 다 감당할 만큼 성숙한 사람인지에 대해 아직 확신이 없어서요. 사실 요즘 같아선 '결혼'이란 게 뭔지도 잘 모르겠습니다.

경험자들의 얘기를 들어봐도 사람마다 천차만별이더라고요. 누군가에겐 물 흐르듯 쉬운 일이었지만, 누군가에겐 넘기 어려운 높은 산이기도 했고, 누군가에겐 더없이 소중한 의미가 또 다른 누군가에겐 그냥 때가 되어서 했을 뿐

사랑한다는 것

인 통과의례에 불과했습니다.

결혼이라는 게 별거 아니라 생각하면 별거 아니고, 무겁게 생각하면 한없이 무겁습니다. '그까짓 거 한번 해보고 아니면 말지 뭐.'라고 가볍게 여기기엔 그리 간단한 문제가 아니라는 것이 우리가 결혼을 신중하게 생각해야 하는 이유입니다. 가족들이 느낄 실망감은 차치하고서라도 한때 사랑했던 사람에게, 그리고 무엇보다 나 자신에게 큰 상처가 될 수 있기 때문입니다.

그렇다고 해서 또 정말 아닌 걸 억지로 견딜 필요도 없습니다. 때때로 어떤 사람들은 불행을 예견하면서도 그 길을 걷습니다. 나만 참으면 모두가 행복할 거라는 생각이 든다면 그건 지금 이 상황을 과감히 엎어버려야 한다는 신호입니다. 억지로 참지 마세요. 나를 제외한 모든 사람이 행복하다고 해도 내가 행복하지 않다면, 그게 다 무슨 소용이겠어요.

::

매번 서게 되는 인생의 갈림길에서, 저의 선택의 기준은 늘 한결같습니다. 내가 지금보다 조금이라도 더 행복해질 수 있는 길인지 아닌지. 저는 분명 그를 사랑하고 그가 행복하길 바라지만, 저의 행복도 그만큼 중요합니다. 그건 서로 마찬가지고요.

각자 행복의 기준이 다를 수 있다는 걸 인정하고 그것을 적절히 조율할 수 있을 때, 그때가 비로소 우리가 흔히 말하는 결혼적령기가 아닐까 생각합니다. 결코 나이와 상황에 떠밀려 결혼을 '당연하다는 듯' 선택하지는 말 것. 결혼에 대한 우리의 질문은 '왜 결혼 안 해?'가 아니라 '왜 결혼을 결심했어?'가 되어야 한다고 생각했습니다.

그것이 저의 '비혼주의'입니다.

사 랑 한 다 는 것

폭풍 전의

고요
같은

　　　몇 달 전, 우리는 4박 6일의 일정으로 라오스
여행을 떠났다.

　둘이 함께하는 두 번째 해외여행이자, 지금까지의 외박
중 가장 긴 일정이었다. 우리의 첫 여행지는 작년에 갔던
일본의 유명한 온천 마을이었는데, 힐링 여행이라는 콘셉
트 때문이었는지 아니면 짧은 여행기간 때문이었는지는
모르겠지만, 아무튼 사소한 다툼 하나 없이 마냥 즐겁고
여유로운 시간이었다.

우리는 서로가 연인으로서뿐만 아니라 여행메이트로서도 참 잘 맞는다고 생각했고, 앞으로 1년에 한 번은 꼭 어디로든 떠나자고 약속했다. 이번 여행은 그 약속을 정식으로 처음 실행에 옮기는—우리에겐 나름—역사적인 일이었다. 이렇게 너랑 같이 떠날 수 있어서 정말 행복해. 출국하던 날 공항 로비에서 그를 만나자마자 말했다.

캐리어 안의 짐을 덜어내니 마니 하는 문제로 체크인카운터 앞에서 싸우는 커플은 그저 남의 얘기에 불과했다. '이 좋은 날 왜 저럴까.' 싶은 생각만이 잠시 머릿속을 스쳤을 뿐.

::

어쩐지 잘 지낸다 싶었다. 1년 반을 만나면서 단 한 번도 언성을 높인 적도, 특별히 감정이 상했던 일도 없었다. 남녀 사이에 이렇게 잔잔하게 사귀는 일이 가능하다니. 롤러코스터 같은 연애를 주로 해온 나로서는 우리의 관계가 마치 물결 하나 없는 호수에서 노를 젓는 느낌이었다.

평온하지만, 조금은 낯선. 아무렴 상관없었다. 비슷한 성향의 사람들끼리 만나면 그럴 수도 있겠거니 생각했다.

사랑한다는 것

다만 내가 간과한 사실 하나는, 아무리 안전수칙을 잘 지켜도 때로는 어쩔 수 없는 사고가 발생할 수도 있다는 것.

그러니 하물며 우리가 흔히 사랑이라 말하는 그 복잡다단하고 이해할 수 없는 비이성적인 감정에, 어찌 충돌이 없을 수 있을까.

라오스에 도착해서, 그러니까 정확히 언제부터였는지는 모르겠다. 뭐라 콕 집어 설명하기 힘든, 서로의 감정이 아슬아슬하게 줄타기를 하는 듯한 순간들이 서너 번 정도 있었지만 대수롭지 않게 넘겼다.

이 또한 여행이 가진 신묘한 힘이다. 일상에서 벗어났다는 사실만으로도 모든 것이 아름답게 보이고, 웬만한 걱정거리나 사소한 갈등 따위는 한껏 물렁해진 마음에 금세 녹아버리는 것. 하여, 어딘가 핀트가 어긋난다고 느꼈던 순간들이 분명 있었고 그로 인해 상대방의 기분이 조금 언짢아졌다는 걸 어렴풋이 알았으면서도, 서로에게 굳이 따지려 들지 않았다.

한정된 시간, 1분 1초가 아쉬운 이런 상황에서 별것도 아닌 일로 굳이 서로 감정 상해가며 얼굴 붉힐 필요는 없다고 생각했던 것이다. 하지만 이제와 돌이켜보면 오히려 이런 억지스러운 인내심이 그와 나 사이의 감정의 골을 더 깊이 팠는지도 모르겠다.

그렇게 완전히 해소되지 않은 자질구레한 거슬림이 쌓이고 쌓여, 결국 터지고야 말았으니까.

갈등한다,

고로
사랑이다

　　직접적인 도화선이 된 욕실 사건은, 3일째 되던 날 발생했다. 너무나 사소해서 '사건'이라 말하기도 부끄럽긴 하지만 어쨌든.

　　나는 어딜 가나 욕실은 깔끔하게 쓰는 편이다. 집 욕실이야 습식이니 어쩔 수 없지만, 호텔처럼 건식으로 되어 있는 곳에서는 샤워 부스나 욕조 밖으로 물 한 방울 튀기지 않는다.
　　그러니 당연히 욕실 입구에 깔아놓은 수건이 축축하게

젖을 일도 없다. 딱히 매너 있는 투숙객으로 보이고 싶다거나 청소하시는 분을 생각해서 그런 건 아니고 그저 발바닥에 뭔가가 묻어나는 걸 극도로 싫어하는, 오롯이 내 예민한 성격 때문이다. 그런데 넌…….

— 왜 매번 욕실을 물바다로 만들어?

— ……응? 욕실인데 그러면 안 돼?

— 이것 봐, 발수건이 다 젖었잖아. 가뜩이나 슬리퍼까지 신어야 하는데 여기에 발을 어떻게 닦으라고?

— 그치만, 수증기가 꽉 찬 욕실 문을 열고 나와서 맞는 바깥 공기의 느낌이 너무 좋은 걸.

……툭.

내 안에서 무언가 끊어지는 소리가 들린 것 같다. 순간적으로 짜증이 솟구쳤다. 아이러니하게도, 악의라곤 새끼손톱만큼도 묻어 있지 않은 천진한 대답과 순진무구한 눈빛에 더 화가 났다.

아무리 사이좋은 연인이라도 오래 붙어 있다 보면 별것 아닌 일로 싸우기 십상이라는데, 우리라고 특별히 다르지 않았다.

　— 나는 이런 거 너무 싫어.

　— …….

　— 샤워부스 안에서만 씻는 게 그렇게 어려워?

　— 어려운 건 아니지만…….

좀처럼 화를 잘 내지 않는 그는 때때로 하고 싶은 말을
삼키는 것으로 자신의 의견을 표현하곤 했다. 그의 말끝이
티나게 흐려진 덕에, 나는 그의 심기가 조금 불편해졌다는
걸 눈치챌 수 있었다. 반대로, 지금 내 기분이 언짢다는 건
누가 봐도 알 수 있을 정도로 완전히 드러난 상태였고.

"알겠어, 앞으로는 신경 쓸게." 짧은 침묵 끝에 새어나온
그의 대답을 끝으로 다시 온 세상이 고요해졌다. 소리 없
이 얼어붙은 공기 사이로 어색한 분위기가 흐른다.

그 순간 머릿속에 떠오르는 회피 본능. 아, 도망가고 싶
다. 아마 그도 마찬가지였을 것이다. 여기가 한국이었다면
우린 이미 각자의 집으로 가고도 남았겠지. 그리고 난, 네
가 먼저 연락할 때까지 며칠이고 버틸 거야.

::

그럴 수 없어서 다행이라고 생각했다. 시간이 지날수록 골은 더 깊어질 테고, 그럼 정말 메우기 힘들어질 테니까. 곱씹어보면, 잘잘못을 따지는 것 자체가 어불성설이다. 욕실을 쓰는 습관, 혹은 단순한 취향의 차이. 무조건 나에게 맞추라고 하는 게 과연 옳은 걸까. 하긴, 30년 넘게 같이 산 가족이랑도 사소한 습관들로 다투기 십상인데, 30년을 넘게 따로 산 우리가 어떻게 딱 맞을 수가 있겠어. 하지만 발바닥이 젖는 건 정말 싫단 말이지.

예전의 나라면, 이 정도가 우리의 한계라고 선을 긋고, 그걸 넘으려는 시도조차 하지 않았을 것이다. 우리 인연이 여기까지라고 섣불리 판단해버렸을 것이다. 하지만 서른 두 살의 나는 조금 더 자랐으니까,

— 처음으로 우리가 많이 다른 사람이라는 걸 알았어.

— 그러게.

— 그동안 너랑 부딪히는 일이 없어서 참 신기했는데……

• 사랑한다는 것

"이제 진짜 연인이 된 건지도 모르지." 내가 하려던 말이 그의 입술을 통해 흘러나왔다.

— 사실 우리, 이상하리만치 싸우질 않았잖아. 다
행이다 싶으면서도 한편으로는 조금 불안했던
것 같아. 아무리 성향이 비슷하다고 해도 너는
내가 아니고, 나도 네가 아닌데 어떻게 갈등이
없을 수가 있을까.
언젠가 서로의 다른 면을 보게 됐을 때, 마음
이 변했다고 오해하거나 실망하면 어쩌지? 가
끔 그런 생각을 했었어. 차라리 오늘 이렇게 얘
기하고 나니까 속 시원하다. 이제 보통의 연인
이 된 것 같아. 이게 맞지. 아니, 그렇다고 안
싸우는 게 틀렸단 뜻은 아니고, 그러니까 내 말
은…… 이런 게 당연한 거라고 해야 하나?

::

서로 다른 두 사람이 만나 조금씩 서로에게 물들어 가

는 일. 그 험난한 과정이 어찌 평온하기만 할까. 손톱만 한 문신 하나 지우는 일도 예삿일이 아닌데, 어떻게 30년 넘게 새겨져 있던 각자의 색이 서로에게 그리 쉽게 섞일 거라 생각했을까.

수 킬로미터 깊이의 바닷속은 들여다봐도 함부로 헤아릴 수 없는 것이 한 사람의 마음이랬다. 그런데 우리는 왜, 그리 쉽게 서로를 이해하려 했을까. 서로를 다 안다는 오만한 착각을 아무렇지 않게 했을까.

우린 애초부터 각자 다른 사랑의 정의를 가지고 있었는지도 모른다. 누군가에겐 연민이, 어떤 이에게는 희생이 사랑일 수도 있다. 누군가는 내버려두는 것이 진정한 사랑이라 생각할 수도 있고. 또 다른 이에겐 집착이—분명 과도한 집착은 잘못된 것이지만—사랑이라 생각하듯이.

그러니 우린 참 잘 맞는 연인인 것 같다는 생각이 드는 순간, 한번쯤 곱씹어볼 필요가 있다.

아무리 비슷한 구석이 많아도
그와 나는 어쨌거나 '타인'일 수밖에 없음을.
서로 다른 부분들을 인정하고,

사 랑 한 다 는 것

때로는 그 차이로 인해 감정의 골이 생긴다 해도,

우리가 처음 '사랑'이라 내뱉은

말의 무게를 결코 가볍게 여겨선 안 된다는 것을.

때때로 갈등이 생긴다는 건, 서로를 진심으로 이해하기

위해 노력 중이라는 뜻이기도 하니까.

내가
나일 수 있게

　　해주는 사람

　　　연애를 할 때면 늘 마음속 1순위를 상대에게
뺏기지 않겠다고 다짐한다.

　상대보다 나를 더 사랑해야 오래 가는 법이라고, 다들
그렇게 말하곤 하니까. 다행히 큰 굴곡 없이 이어지는 연
애에, 이따금씩 나는 스스로를 1순위로 둔 나의 현명함을
속으로 칭찬했다.

　어느 날 문득 그런 생각이 들었다. 너도 너를 네 마음속

　　　　　　　　　　　사 랑 한 다 는 것

1순위로 두었겠지? 꼬리를 물고 늘어져 가는 생각을 따라, 숨어 있던 아쉬움이 고개를 내민다. 이기적이라는 걸 알면서도, 혼자만의 서운함에 괜한 분노가 차올랐다. 참다못한 나는 너에게 전화를 걸었다.

— 응, 채원아. 무슨 일이야?

평소와 다름없이 다정함과 담백함 사이를 오가는 목소리. 순간, 나는 전화의 목적을 잊었다. 아니 애초에 목적 따위는 없었을지도 모른다. 그저 나는 네게 확인받고 싶었던 건지도 모른다. 내 마음속 1순위와 네 마음속 1순위가, 모두 나이고 싶다는 염치없는 욕심.

— ……그냥 전화했어.
— 그랬어? 잘했네. 밥은 먹었고?

이렇게 쓸데없는 연락을 귀찮은 기색 하나 없이 받아주는 사람이, 엄마 말고 또 있었던가.

— 응.

— 뭐에다 먹었어?

— 그냥⋯⋯집에 있는 거 대충.

— 대충 먹으면 어떡해, 잘 먹어야지.

— ⋯⋯나 허니말차초코라떼 먹고 싶어.

— 허니⋯⋯뭔 라떼? 하하, 그래. 가자. 이따 네
  시쯤 볼까?

그랬다. 오늘처럼 가끔 이유 없이 못난이가 되는 나를,
그렇게 이유 없이도 안아주는 사람. 네가 아니었다면 나는
나를 마음속 1순위로 둘 생각조차 못했을 테지. 완벽한 착
각이었다. 정작 내 마음속 1순위가 '나'일 수 있도록 해준
건 나의 애잔한 노력도, 그 누구의 어쭙잖은 조언도 아니
었다. '너'라는 존재, 그 자체였다.

그런
너를

사랑해

　　　　태어나 처음 해보는 사랑에 성공할 확률이 얼
마나 될까. 그래서 대부분의 첫사랑은 실패로 끝나는 거
겠지.

　우리가 서로의 첫사랑이 아니라 정말 다행이야.
　만약 그랬다면, 지금 이렇게 네 어깨에 기대어 있지 못
했을 테니까.

　숱한 자책과 아픔들로 범벅된 지난 시간들이 너와 나를

연결해주었다면,

나는 너의 과거조차도 온전히 받아들일 수 있을 것 같아.

나를 사랑하기 이전에 다른 누군가를 사랑한 너를

그녀와 헤어지지 않기 위해

애써 발버둥쳤을 그때의 너를

나와 닮은 너를,

나는 그저 사랑할 수밖에 없으니까.

마흔, 쉰, 예순 살이 된다 해도

열렬히 사랑할 것.

낭만의 존재를 믿어 의심치 않을 것.

언젠가 찾아올 이별과의 재회를 두려워하지 않을 것.

Part

3

어른이 된다는 것

우리, 서로를 위해 자신의 행복을 희생하지 말자.

내 몫의 행복만큼은 내가 스스로 책임지기.

그렇게 너와 나, 각자의 방식으로 같이 행복해지자.

떠나보내다

아무리 애써도 어찌할 수 없는 일이 생기기 마련이다.

그럼 그건 원래부터 인연이 아니었다 인정하고 놓아주는 것이다. 그렇게 잠시 공허함과 마주한 후에, 차분히 내일을 기다리는 것이다. 스스로를 탓할 이유도, 텅 빈 마음을 억지로 채워 넣을 필요도 없다. 그러다 어느 순간 괜찮아지면 다시 터벅터벅, 그저 걷는 것이다. 생애 처음이자 마지막일 오늘을, 그렇게 덤덤히 스쳐갈 뿐이다.

각자의

무게1

　　　강사일을 시작한 지 얼마 안 됐을 무렵이었을
것이다.

　달력을 가득 채운 **빡빡한** 강의 일정을 소화하느라 내
신경은 두 달이 넘게 잔뜩 곤두서 있었다. 어쩌면 핑계에
불과했을지도 모르겠다. 일이 바쁘다는 이유로 한동안 엄
마에게 살갑게 굴지 못한 것에 대한. 이제 오니? 밥은 먹
었니? 정도의 짤막한 대화만 오고 가던 어느 날. 풍선처럼
부풀어 오른 모녀 사이의 어색한 공기는 잔뜩 날이 선 나

로 인해 결국, 터지고야 말았다.

— 너는 늘 네 멋대로 결정하는 게 문제야.

나는 엄마의 말을 납득할 수 없었다. 혼자 고민하고 결론을 내리는 건 내가 가진 몇 안 되는 재주였다. 스스로 선택하되 그에 따른 결과도 내가 책임지는 것. '결정장애'라는 단어가 익숙해진 세상에서, 그건 나를 대변해주는 유일한 자부심이기도 했다. 그래서 더욱 인정하고 싶지 않았다.

— 그게 왜 문제야? 남들은 사사건건 부모에게 답을 내놓으라 하는 자식 때문에 골치를 썩는다는데.
— 뭔가 큰 결정을 내리기 전엔 적어도 엄마랑 상의는 해야지.
— 알아서 잘 해도 문제인 거야? 안 그래도 스트레스 받는데 엄마까지 왜 그래?

어차피 내 인생인걸. 엄마가 하지 말라고 해서 안 할 것도 아니고, 하라고 해서 할 것도 아닌데 뭐 하러 골치 아프

게 상의를 해. 괜히 감정만 상할 텐데. 이러나저러나 이미
감정은 상하긴 했지만.

> — 엄마는 이제 너에게 필요 없는 사람인 것처럼
> 느껴져.

    고조돼가던 둘 사이의 분위기가 일순간에 가라앉았다.
필요 없는 사람이라니, 그게 무슨 말이야. 엄마가 필요 없
다고 생각한 적, 맹세코 단 한 번도 없는걸. 경직되어 있던
얼굴의 근육들이 빠르게 제자리를 찾아가는 게 느껴졌다.
이건 변명의 여지없이 명백한 나의 잘못인 것이다.

각자의

무게2

나는 스스로를 '어중간한 인간'이라고 생각한다.

무엇 하나 특별히 잘하는 것도, 내세울 만한 장점도 딱히 없는. 다만 어렸을 때부터 주변 어른들에게 그런 소리는 많이 들었다. 부모님 속 안 썩이는 딸, 키우기 좋은 딸이라고.

어쩜 딸이 이렇게 착해요? 공부도 잘하고, 엄마 말도 잘 듣고. 채원이 엄마 너무 부럽다. 엄마의 뿌듯함이 옆에 멀뚱히 서 있는 나에게까지 전달됐다. 부모로서 자식을 잘

키웠다는 얘기만큼 기분 좋은 말이 또 어디 있으랴. 하지만 나는 반대였다.

나이를 먹을수록—머리가 커질수록—그 말이 칭찬으로만 들리지는 않았다. 딸로서는 괜찮은 아이, 공부 잘하는 학생. 그럼 한 사람으로서 나는 어떤 사람인데? 차마 말로 할 수는 없으니 늘 마음속으로만 따져 물었다.

:::

그때부터 이미, 나는 내가 어중간한 인간이라는 걸 인정해버렸는지도 모른다. 그러니까 일종의 자격지심 같은 거지. 스스로에게 확신이 있었다면 굳이 비꼬아 듣지 않아도 되었을 말. 일련의 성장과정을 겪으면서, 나는 있으나 마나한 사람이 아닌 명확하게 존재감이 드러나는 사람이 되어야겠다고 생각했다.

그리고 그 결핍감을 채울 재료로 '주체성'을 선택했는데, 문제는 '주체성'과 '자기중심적인 것'의 기준이 꽤나 모호하다는 것이었다. 그걸 깨닫지 못한 채 나는 아무 죄책감 없이 나의 가장 가까운 사람에게 상처를 주었는지도 모른다. 그러니 그것은 '주체성'이라기보다 '이기심'이라고 하는 게 맞지 않을까. 나를 방어하려고 든 무기로, 도리어 엄마를 찌르는 꼴이 되어버렸으니 말이다.

> — 왜 그런 생각을 해.
> — 너는 엄마 걱정할까 봐 무슨 문제가 있어도 말도 안 하고 알아서 해결하려고 하는데, 엄마가 모를 줄 알지? 엄만 그게 더 서운해.
> — 아이참, 그런 게 아니래도.
> — 몰라, 그게 부모 마음이야. 넌 죽었다 깨나도 모르지.

엄마 없이는 잠도 못 자던 아이가, 이제는 누가 옆에 있으면 불편하단다.

어디 잠자는 것뿐일까. 밥도 알아서 챙겨 먹고, 옷도 사 입고, 돈도 벌고, 인생은 셀프라며 혼자 여행도 다니고. 걸핏하면 엄마, 엄마 찾던 아이가 이제 다 컸다고 혼자서도 척척 하는 거 보면 기특하면서도, 엄마로서의 역할이 무의미해진 것 같은 묘한 서글픔. 아이에게만큼은 무조건적인 사랑을 베풀리라 다짐했으면서도, 내심 대가를 바랐던 스스로에 대한 일말의 자괴감. 인간으로서 느낄 수밖에 없는 당연한 감정들에도, 엄마는 엄마라는 이유만으로 죄책감을 느껴야 했다.

::

감히 나는 엄마를 이해한다. 하지만 엄마의 짐을 내가 나눠 지는 것은 불가능한 일이라는 것도 안다. 때때로 사람들은 부모가 나에게 베푼 사랑을 온전히 되갚을 수 있다고 섣불리 생각하는데, 그것은 도리어 부모라는 역할을 폄훼하는 일이다.

자식이란 존재는 부모로서의 길을 선택한 이들이 죽을 때까지 짊어지고 가야 할 필연의 무게를 어떻게 해서도 대신 짊어질 수 없다. 다만 평생 빚진 마음을 품고 살아갈 뿐. 그 또한 부모의 육신을 빌어 세상에 태어난 모든 존재가 감당해야 할 무게다.

그렇게 우리는 결코 나눌 수 없는 각자의 무게만큼의 배낭을 메고, 스스로가 선택한 길을 묵묵히 걸을 뿐이다.

엄마, 엄마가 나를 낳은 건
날 세상 가장 행복한 아이로 키우고 싶어서랬지?
내 행복이 엄마의 행복이라면, 그렇게 할게.

그런데 그 행복의 기준과 방법이
엄마가 생각하는 것과 조금 다를 수는 있어.
그건 엄마가 이해해줬음 해.

다른 사람까지 행복하게 만들어줄 정도의
멋진 어른은 아니더라도,
내 몫만큼의 행복은 스스로 책임질 줄 아는
진짜 어른이 될게.

무엇보다

위대한

— 다들 애 싫다 싫다 해도, 때 되면 다 낳더라.

나이가 나이인지라 누구를 만나도 결혼과 출
산, 육아에 대한 이야기가 빠지질 않는다. 나는 소위 말하
는 딩크족인데, 내가 아이 생각이 없다는 걸 알게 된 지인
들 중 열에 아홉은 '너도 그 소리냐?'는 반응이다.

아마 요즘 비슷한 얘기를 하는 사람이 많아졌다는 방증
이겠지. 이유를 물으면 간단하게만 답한다. 그냥, 원래 애
별로 안 좋아해. 나를 향한 상대의 눈빛이, 사춘기 중학생

을 바라보는 그것으로 변하는 게 느껴진다.

::

사실 아이를 낳지 않겠다는 마음을 먹게 된 데는 나름의 여러 가지 배경이 있다. 하지만 그것을 구구절절 다 설명하지 않는 까닭은, 상대방이나 나나 그 기나긴 스토리를 다 나눌 만한 시간적 여유도 없거니와, 그럴 필요성도 느끼지 못하기 때문이다. 아이를 낳겠다는 사람에게는 왜 낳느냐고 묻지 않으면서, 낳지 않겠다는 사람에게는 꼭 무슨 특별한 이유가 있어야 하는 것처럼 몰아가는 분위기에 대한 일종의 반발심일 수도 있고.

자식을 위해 자식을 낳는다는 사람은 아직까지 본 적이 없다. 반대로 아이를 낳아야 하는 이유를 물으면 대부분은, 부부 사이를 돈독하게 해준다던가, 외로우니 필요하다던가, 노후를 생각하면 자녀가 꼭 있어야 한다던가, 그냥 아이는 당연히 있어야 한다는 정도의 대답이 돌아왔다.

그럼 아이는? 이건 자식의 입장도 들어봐야 한다. 세상에 태어나고 싶어서 태어난 존재는 없다. 모든 탄생은 타

인의 의지에 의해 이루어진다. 그렇기에 아이를 낳는 이유
야말로 무엇보다 거창하고 위대하고 철학적이어야 한다.
그 누구도 아닌 오로지 태어날 존재를 위한 이유가 있어
야 한다. 내가 살아보니 세상이라는 게 한번쯤 살아볼 만
하다든가, 인생이란 건 한번쯤 겪어볼 만한 가치가 있다든
가 하는.

::

아이를 낳는 것은 결코 당연한 일이 아니다. 그 어떤 결
정보다도 치열한 사유와 흔들리지 않는 확신이 필요하다.
반대로 버려야 할 마음도 있다. 내 배로 낳았으니 내 것이
라는 소유욕, 내 기준에 맞춰 네 인생을 꾸릴 수 있을 거란
오만함, 너를 낳느라 희생한 내 인생을 어느 정도 보상하
라는 무책임함 같은 것들. 하여, 나는 아이를 낳지 않기로
결심했다.

이 모든 것들을 버릴 자신이 없어서, 기대하지 않을 자
신이 없어서.

어른이 된다는 것

엄마의

　　청춘

　　벌써 예순이 넘은 우리 엄마도 내 나이였던 시절이 있었다. 사진으로 본 서른 살의 그녀는 젊고 아름다웠다.

　　그녀는 돌려받지 못할 걸 알면서도 자신의 시간을 기꺼이 나에게 내어주었고 그렇게 갚지 못할 빚을 잔뜩 떠안은 나는 그녀의 청춘을 갉아먹고 자랐다.

　　그런 내가 그녀에게 해줄 수 있는 한 가지는 그저 기억하는 것뿐.

　　엄마이기 이전에
　　그녀도 누군가의 딸이었고
　　한 남자의 사랑스런 반려자이자
　　한 사람의 여자임을.

　우리는 모두, 그렇게 필연적으로 그녀들의 청춘을 자양
분 삼아 피어난 존재라는 걸.

　내가 나의 엄마에게 그랬고
　나의 엄마가, 엄마의 엄마에게 그랬듯이.

이것
좀

전달해주세요

　　오랜만에 친구들과 불금을 보내느라 막차를 놓쳤다.

　버스 타고 3,000원이면 갈 수 있는 걸, 간발의 차이로 3만 원이 들게 생겼다. 5분만 일찍 일어났으면 됐는데, 이놈의 무거운 엉덩이. 후회는 필요 없다. 지금부터는 정신을 더욱 똑바로 차려야 한다. 막차에 대한 미련은 빠르게 떨치고, 택시잡기 경쟁이 한창인 녹사평로로 몸을 던졌다. 주말 밤 이태원에서 택시를 타기란 그야말로 하늘에 별

따기. 3만 원이고 뭐고 집에나 갈 수 있으면 다행이겠다 싶은 초조한 마음으로 발을 동동 굴렀다.

::

  겨우 택시 한 대를 세웠다. 용인 수지요, 혹시나 승차거부를 당할까 싶어 목적지를 말함과 동시에 발부터 집어넣었다. 그러면서도 소심한 마음에 운전석을 슬쩍 쳐다보았다. 희끗한 머리에 안경을 쓴 인상 좋은 기사 아저씨는 싫은 내색 없이 흔쾌히 고개를 끄덕였다. 감사합니다, 하고 짧게 인사한 후 나는 곧 휴대폰 화면에 집중했다.

  집에 거의 다 온 것 같아 얼핏 요금을 보니, 3만 원이 막 넘어가고 있었다. 불현듯 스치는 싸한 느낌. 돈이 모자란다. 지갑조차도 귀찮아서 한 장 달랑 들고 다니던 카드는 아까 긁었을 때 이미 한도초과였다. 불안한 마음으로 가방 속주머니를 탈탈 털어봤다. 5만 원짜리 두 장에 1,000원짜리 아홉 장, 전부 더해도 1,000원이 될까 말까 한 동전 몇 개. 망했다. 여행 간 엄마에게 전화해서 내려오라 할 수도 없고, 집에 덩그러니 남아 있는 내 지갑은 굵은 지 오래였

어른이 된다는 것

다. 이 먼 곳까지 태워다 주신 것도 감사한데, 택시비가 모자라는 것을 알고도 계속 타고 갈 만큼 뻔뻔하지는 못했다. 마침 신호에 걸렸고, 나는 조심스럽게 입을 뗐다.

> — 저, 기사님. 정말 죄송한데 저 요 앞에서 좀 세워주시겠어요?
> — 응? 아파트까지 가려면 더 들어가야 하는 거 아니에요?

아저씨는 의아하다는 표정으로 나에게 되물었다. 안 그래도 주변에는 불 꺼진 상가들만 가득했고 거리엔 인적이 없었다. 여기서 집까지 차로는 금방이지만 걸어서 가면 최소 20분은 걸릴 것이다. 새벽 1시. 날은 춥고 솔직히 좀 겁도 났다.

> — 택시비 때문에 그래요?

우물쭈물 하고 있으니 아저씨가 눈치를 챈 듯했다. 택시를 하루 이틀 몬 것도 아닌데, 이런 상황에서 손님이 대답을 못하는 이유는 뻔했다. 돈이 없거나 모자라는 거지 뭐.

— 아니, 저……네. 지금 내려도 1,000원 정도 모자를 듯해요. 정말 죄송합니다.

아, 너무 창피하다. 나이 서른에 택시비가 모자라서 이렇게 구질구질한 모습을 보이다니. 그것도 일부러 택시비 떼어 먹으려고 작정한 진상손님으로 누군가의 기억에 남게 되다니. 저 원래 이런 사람 아닌데요, 라는 변명이 목 끝까지 차올랐다 다시 내려갔다. 그렇게 말하는 게 더 못나 보일 수도 있겠다 싶어서. 그때, 구원의 목소리가 들려왔다.

— 허허, 됐어요. 일단 집까지는 갑시다.
— 네? 아, 아니에요. 집까지 태워주셔도 지금 가지고 있는 돈이 전부라…….

말로만 거절하는 게 너무 티 났다. 얼버무리는 대답이 채 끝나기도 전에 신호가 초록색으로 바뀌었고, 아저씨는 아무 일 없었다는 듯 액셀을 밟았다. 걸어가지 않아도 된다는 안도감과 결국 진상손님이 되고 말았다는 민망함이 동시에 밀려왔다. 숨소리도 죽이고 가만히 앉아 있는데 아

어른이 된다는 것

저씨가 말을 이었다.

::

— 택시 하다 보면 별별 사람들이 많아요. 한번은
서울에서 대전까지 그 옛날에 20만 원이 나왔는
데, 집에서 돈 갖고 나온다고 가서는 안 와. 동
네 입구에 세워줘 가지고 집도 어딘지 몰라.
오밤중에 사람들 자는데 일일이 문 두들기면서
다 깨우고 다닐 수도 없고, 어쩔 수 없이 그냥
오는 거지 뭐. 그것도 빈차로. 그럼 얼마나 열불
나고 속이 상하는 줄 알아요? 말도 못 하게 속
상해. 근데 더 서글픈 건, 그런 일 몇 번 겪고 나
니까 돈도 돈인데 사람한테 질려버리는 거야.
굳이 잘해줄 필요가 없다, 나도 내 실속이나 챙
겨야지. 그렇게 생각해버리는 거야.

그러다 하루는 어떤 젊은 아가씨가 탔지. 근데
그 아가씨 집이 되게 복잡한 언덕바지였어. 속으
로는 투덜대면서도 손님이 가자니까 군말 않고

가줬지. 도착하니까 택시비가 1만 원 좀 넘게 나왔는데 2만 원을 주더라고. 그래서 거슬러주려 했는데 그 아가씨가 한사코 사양하는 거야.

거 왜 그러냐니까 하는 말이, 여기 이사 온 지 얼마 안 됐는데 아무 말 없이 데려다준 사람이 내가 처음이었대. 다들 투덜투덜하는 건 기본이고, 그냥 중간에 내려주고 휙 가버리고 그랬다고. 그러면서 집까지 태워줘서 고맙다고, 거스름돈 안 받을 테니까 나중에 자기 같은 손님 만나게 되면 그 사람도 집까지 잘 바래다주라 하더라고.

택시기사가 돈 받고 손님 태워다 주는 거, 그거 사실 당연한 거고 별나게 고마울 것도 없는데 말야. 난 그냥 성격상 대놓고 투덜거리는 성격이 못돼서 가만히 있었던 것뿐인데 그 아가씨가 말하는 걸 들으니까 참, 기분이 그렇더라고.

그리고 얼마 후에 어떤 학생을 하나 태웠어. 고속도로를 달리던 중이었는데 갑자기 세워달라네? 죄송한데 자기 돈이 모자라다고. 아, 근데 아무리 돈이 모자라도 어떻게 고속도로에서 내리라고 해. 집까지 데려다줄 테니까 그냥 있으라 했지. 말투도 그렇고 딱 봐도 공부한다고 지방에서 올라온 학생 같던데. 집 도착해서 내리는데, 꾸벅꾸벅 고맙다는 인사를 몇 번을 하던지. 지갑 가지고 온다는 거 내가 됐다 그랬어. 그깟 몇천 원 있어도 살고 없어도 사는데, 안 받는 게 내 마음이 훨씬 더 좋겠더라고. 전에 그 아가씨한테 미리 받은 것도 있고.

::

백미러를 통해 본 아저씨의 얼굴에는 어느새 잔잔한 미소가 번져 있었다. 문득, 이름도 얼굴도 모르는 그녀가 궁금해졌다. 나도 이따금 거스름돈을 거절할 때도 있었지만 기껏해야 몇백 원 정도였고, 특별한 의미는 없었다. 누군가에게 도움이 되려는 뜻은 더더욱 아니었다. 아니, 거기까지는 미처 생각해보지도 못했다.

— 그러니까 너무 그렇게 미안한 얼굴 안 해도 돼

요. 사는 게 다 그런 거지 뭐. 내가 좀 손해 본다 싶을 때가 있어도 어디선가 또 나도 모르게 남의 호의를 받기도 해. 그리고 내가 호의를 베풀면 어떤 사람은 또 그거에 감동해서 딴 데 가서 그 호의를 돌려주지. 내가 직접 돌려받지는 못해도 그게 어디선가 돌고 있다 생각하면 얼마나 마음이 좋아. 그렇게 서로 전달하고 전달하다 보면, 또 어느 순간 나한테 돌아오기도 하고. 세상사가 다 그런 거 아니겠어.

자, 다 왔어요. 집에 도착한 것도 모르고 멍하니 아저씨의 이야기를 곱씹어 보다 그제야 정신이 들었다. 아, 감사합니다. 기사님 덕분에 잘 왔네요. 꼬깃꼬깃한 지폐를 꺼내 아저씨에게 고마움을 표시했다. 에이, 여태까지 뭐 들었어? 나 말고 그 아가씨한테 고마워해요. 택시비 대신 내줬으니까. 아저씨가 웃으며 대답했다. 고맙고 죄송한 마음에 가방 안에서 제멋대로 굴러다니는 잔돈이라도 추슬러 드리려고 했으나, 아저씨는 받지 않았다.

대개 사람들은 내가 도와준 일은 잘도 기억하면서, 다

른 사람으로부터 도움을 받은 건 쉽게 잊어버리는 것 같다. 받은 것에 비해 베푼 건 적어서일까. 그동안 남에게 피해를 주지 않고 살아왔다 자부했던 나 또한, 어쩌면 받은 만큼도 돌려줄 줄 모르는 얌체였는지도 모르겠다.

호의는 꼭 그 사람에게 되돌려주지 않아도 된다. 진심으로 베푸는 사람은 그 호의가 자신에게 그대로 돌아오는 것보다 다른 사람을 향해가길 바랄 것이다. 그러니 만약 당신이 누군가로부터 호의를 받았다 해도 어쩔 줄 몰라 당황하거나 미안해할 필요는 없다.

그저 또 다른 누군가에게 전해주면 그뿐.

어쩌면 '호의'라는 명사를 더 가치 있게 만들어주는 동사는 '주고받다'가 아닌 '전달하다'가 아닐까. 택시 아저씨가 어느 마음 따뜻한 손님으로부터 전달받은 호의가, 여러 사람의 손길을 타고 넘어 몇 곱절로 불어난 것처럼 말이다.

내 마음

지키기

회사에 어떤 사람이 나를 싫어한다는 사실을 우연히 알게 되었을 때, 나는 그것이 나에게 문제가 있어서라고 생각했다.

그래서 그 부분을 고치면 상대방의 마음도 바뀔 거라 믿었다. 고장 난 자동차를 수리하듯 그가 싫어할 만한 부분들을 이리저리 뜯어 고쳐보았지만, 애쓴 보람도 없이 그 사람은 끝내 나를 좋아해주지 않았다.

::

　모두에게 좋은 사람이 될 수는 없다는 걸, 한참이 지난 후에야 알았다. 좋고 싫음에 정당한 이유가 있으면 좋겠지만, 마음이라는 게 늘 그렇게 이성적이고 합리적일 수만은 없는 것이다. 따라서 내가 왜 싫으냐고 따진다든가, 싫다는 사람의 마음을 바꾸기 위해 노력하는 건 별로 의미가 없다.

　차라리 세상에는 나를 싫어하는 사람이 있을 수도 있다는 사실을 받아들이면, 더 많은 시간을 내가 사랑하고, 나를 사랑하는 사람들을 위해 쓸 수 있다.

　　하여, 나는 더 이상 나를 싫어하는 사람 때문에 상처받지 않는다. 나는 모두에게 좋은 사람이고 싶지 않다. 모두에게 좋은 사람이라는 건 결국 어느 한 사람에게도 온전히 마음을 쏟을 수 없는 사람이라는 뜻이기도 하니까.

　유달리 맞지 않는 인간관계 때문에 필요 이상의 스트레스를 받는 날이 있다. 그럴 때면 문득 이렇게까지 해서 관계를 유지하는 게 과연 옳은 일인지에 대해 의문이 든다. 피차 피로감만 몰고 오는 관계라면, 차라리 과감히 끊어버리자. 그것이 서로의 마음을 덜 다치게 하는 방법인지도 모른다.

시간이

알려준
것

내겐 둘도 없는 단짝이 있었다.

어느 날, 무슨 이유에선지 우리는 처음으로 크게 다투었고 다시는 안 볼 사람들처럼 서로의 마음을 잔뜩 할퀴고야 말았다. 상처는 얼마 지나지 않아 아물었지만 흉터는 그대로 남았고, 깊어진 마음의 골 또한 끝내 메우지 못했다.

그렇게 한참의 시간이 흘렀다. 이따금씩 떠오르는 우리의 추억과 너의 부재 사이에서 나는 한동안 갈피를 못 잡고 방황했다. 다툼의 이유 따윈 이제 생각도 나지 않는다. 아마도 그날의 오해는 아주 사소한 일에서 비롯되었으리라.

그렇게 기억조차 나지 않는 하찮은 연유로, 되레 나는 소중했던 너를 영영 기억 속에 묻어야만 했다. 그때는 왜 그리 쉽게 너와의 연을 놓아버렸을까. 미웠던 감정은 어느새 흔적도 없이 사그라졌으니 이제는 그저 네가 없음에 허전할 뿐이다.

시간은 모든 걸 작아지게 만든다.
때로는 그렇게 후회로만 알 수 있는 것들이 있다.

어른이 된다는 것

인생의

정답

물음표투성이인 삶 속에서도 시간이 지날수록 또렷해지는 진리가 있다.

그건 인생엔 정답이 존재하지 않는다는 것.

우리가 정답이라고 알고 있었던 모든 것들이, 실은 서로가 서로의 눈치를 보며 어설프게 정한 임시 답안에 불과한 건 아닐까.

아니, 그래도 만약 인생의 정답이 굳이 있다고 친다면 그건 객관식도 주관식도 아닌, '~에 대한 당신의 의견을 서술하시오' 정도의 논술 문제에 지나지 않는 게 아닐까. 아니, 어쩌면 인생이란 건 그 문제의 형식조차도 정해져선 안 되는 게 아닐까. 그래, 인생에는 정답이 없다는 것만이, 내가 찾을 수 있는 유일한 정답인지도 모른다.

지금에서야

깨달은
것

저는 지금 제 나이가 좋아요.

누가 저를 10년 전으로 보내준다고 해도 거절할 거예
요. 물론 시간을 돌리는 것 자체가 말도 안 되는 얘기이긴
하지만 어쨌든. 쑥스럽지만 저는 지금의 제가 싫지 않아
요. 비록 30년이 넘는 세월 동안 투박하게 깎이고 서툴게
다듬어지긴 했지만요.

예전엔 몰랐어요. 손에 쥔 게 없으니 아무것도 이루지

못했다고 생각했거든요. 그런데 아니었어요. 눈에 보이지 않았을 뿐, 지나간 시간만큼 얻은 것들이 분명 있더라고요.

그때는 알 수 없었던 저물어가는 노을의 의미, 미처 느끼지 못했던 내면의 온기 같은 것들, 서로의 뒷모습에서 묻어나오는 시간의 흔적. 이제야 어렴풋이 알아가고 있는 중이더라고요.

그래서 생각했죠. 시간이 지남에 따라 얻는 깨달음의 폭이 더 넓어지고 포용할 수 있는 감정의 깊이가 더 깊어진다면, 지금보다 더 나이가 들어도 좋을 것 같다고요. 순백의 젊음보다는 저만의 색으로 물든 연륜을 갖고 싶거든요.

겉모습이야 조금 달라지면 어때요. 머리카락이 하얗게 세어도, 마음은 늘 청춘을 살아가는 걸요.

어른이 된다는 것

어느

　겨울날

아주 추운 날이었던 걸로 기억한다.

기록적인 한파라며 아침부터 뉴스에서 호들갑을 떨던 그런 날. 하필 늦잠을 자버린 나는 머리도 못 감고 급하게 집을 나서야 했다. 길을 건너는데 마침 버스가 신호에 걸려 있다. 아슬아슬했지만 다행히 정류장에 도착하면 바로 탈 수 있는 상황. 저 버스만 타면 겨우 지각은 면할 수 있었다. 그렇게 한숨을 돌리며 정류장으로 걸어가는데, 갑자기 내 눈앞에 등장한 하얀 강아지, 아니, 개 한 마리.

아침 출근길 버스정류장에 개라니. 이 무슨 조합인가 싶어 잠시 멈칫했다. 버스를 기다리고 서 있는 한 남자에게 펄쩍펄쩍 뛰며 애교를 부리고 있길래 처음에 나는 그 사람이 개의 주인인 줄 알았다.

남자가 반응을 보이지 않자 이번에는 그 옆에 있는 여자에게 똑같이 애교를 부리는 녀석. 그러더니 멀리서 걸어오는 나를 보고는 반갑게 달려온다. 가까이 올수록 덩치가 좀 있는 게 실감이 난다. 그런데 얼굴은 또 앳되다. 종 자체가 큰 것뿐이지 딱 봐도 아직 강아지였다.

::

마치 아는 사람인 것처럼 친한 척하는 모습이 귀여워 머리를 몇 번 쓰다듬어줬더니 지구 끝까지 따라올 기세다. 혹시나 해서 이리저리 살펴봐도 목걸이 같은 외부 인식표는 없었다. 그렇다고 유기견이라 하기엔 사람을 너무 잘 따르고 털도 새하얀 것이 관리가 잘 되어 있었다.

너는 누구니? 길을 잃은 거니, 아니면 버림받은 거니? 이것저것 물어도 마냥 해맑게 웃고만 있는 녀석을 어찌하면 좋을까 고민하는데, 버스가 도착했다. 그 짧은 찰나에

어른이 된다는 것

수많은 생각이 머릿속을 스쳤다.

목걸이가 없으니 몸 안에 칩이 있는지 확인해야 한
다 → 그러기 위해선 동물병원을 데려가야 한다 →
하지만 가장 가까운 동물병원은 아직 문을 열지 않
았고, 24시간 동물병원은 거리가 꽤 된다 → 목줄
도 없이 데려가려면 시간도 꽤 걸릴 것이다 → 지
각은 물론이고 오전 반차를 써야 한다 → 회사에
연락해서 '집 잃은 멍멍이 집 찾아주느라 급하게
반차 좀 쓰겠습니다.'라며 양해를 구한다 → ???

알고리즘처럼 이어진 생각은 끝내 결론을 내리지 못했
다. 나는 양심의 가책을 느끼면서도, 본능적으로 버스에
올랐다. 추운 날씨가 오늘따라 더 야속했다. 창문 밖으로
보이는 천진한 시선을 애써 무시하며, 마음속으로 빌었다.
어서 빨리 집으로 돌아가기를. 혹은 나 대신 누군가가 녀
석을 도와주기를, 제발.

겨울의

무게

　버스를 놓치지 않은 덕분에 회사에는 늦지 않
게 도착했다. 자리에 가방만 던져놓은 채 평소 후원을 하
고 있던 동물보호단체에 전화를 걸었다.

　— 아침에 이런 일이 있었는데, 도움을 좀 받을 수
　　있을까요?
　— 안타깝지만 특별한 사연이 없으면 저희도 도와
　　드리기가 쉽지 않아요. 그런 아이들이 워낙 많
　　아서…….

　　　　　　　　어른이 된다는 것

― 아, 네. 그럼 어떻게 대처를 하는 게 좋을까요?

― 일단은 칩이 심어져 있는지 확인해보세요. 사람
  을 잘 따르고 관리도 잘 되어 있는 것 같다면 주
  인이 있을 수도 있으니까요.

― 주인이 없는 개면 어쩌죠?

― 주인이 없으면……보호소로 갈 수밖에 없어요.

보호소, 보호소라니. 모든 보호소가 그렇진 않겠지만,
운이 나쁘면 떠돌이 생활보다 못한 열악한 환경에서 우리
에 갇힌 채 평생을 지내야 할 수도 있다. 그나마 제명대로
살 수나 있으면 다행이지. 수십 일 내로 입양이 되지 못한
다면, 고통스러운 안락사를 당하게 될지도 모른다.

오전 내내 일이 손에 잡히지 않았다. 살을 에는 날씨도
날씨지만, 사람을 좋아하는 녀석의 성격이 더 큰 문제였다.
나는 개를 워낙 좋아해서 괜찮지만, 개를 무서워하는
사람에게는 그 녀석의 발랄함이 위협처럼 느껴질 수도 있
었다. 멋모르는 녀석이 반갑다고 아무에게나 달려들었다
간, 놀란 사람의 발에 걷어 채이거나 심하게는 죽임을 당
할지도 모를 일. 약간의 비약은 있지만 아예 가능성이 없

는 일은 아니었다. 만약에 그런 일이 생긴다면 그건 내 책임인 거지.

평소 유기견 문제에 관심이 많다고 자부해온 내가, 막상 눈앞에 닥친 상황을 모른 척했다는 죄책감을 견딜 수 있을까.

점심시간을 이용해 집에 다녀오기로 했다. 다행히 회사에서 집까지는 버스로 편도 20분 정도의 짧은 거리였기 때문에 시간이 모자라진 않을 것이다. 그래도 혹시 모르니까, 녀석을 찾을 시간을 넉넉하게 확보하기 위해서는 왔다 갔다 하는 시간을 최대한 줄여야 했다. 건물 밖을 나서자마자 마구 달려서 막 출발하려는 버스를 겨우 잡아탔다. 창가 자리에 앉아 가쁜 숨을 몰아쉬던 중 문득 시선이 멈춘 그곳에, 유독 까맸던 눈동자가 떠올랐다. 제발 녀석이 아까 그 자리에 그대로 있어주기를, 간절히 기도했다.

녀석이 없다. 하긴 있을 리가 없었다. 그 발랄한 녀석이 몇 시간이나 흐른 지금까지 제자리에 가만히 있을 리가. 잠시 멍하니 앉아 있던 나는 정신을 차리고 정류장 근처의 뚝방길을 따라 걸으며 녀석을 찾았다. 찬바람에 그대로 노출된 양쪽 귀와 두 뺨이 찢겨나갈 것처럼 추웠다. 풀숲 한쪽에 숨겨진 낡은 플라스틱 그릇의 물도 단단히 얼어 있었다. 작은 생명들을 위한 누군가의 작은 호의마저도 가차 없이 얼어붙던 날. 40여 분을 헤맸지만 결국 아무 성과도 없이 돌아가야 했다. 추위에 굳은 얼굴보다 가슴 한 구석이 더 아려왔다. 거리의 생명들에게, 겨울은 잔혹한 계절이었다.

::

그 이후로 벌써 두 번의 겨울이 더 지났다. 여전히, 녀석의 소식이 궁금하지만 찾을 도리가 없다. 사실, 거리를 떠도는 개를 실제로 만난 건 그때가 처음이었다. 다치거나 버림받은 동물들의 이야기를 TV에서조차도 보지 못하는 내게 어쩌면 그건 다행인 일인지도 모른다.

보호소 봉사활동을 가지 않고 고작 얼마 안 되는 기부금으로 대신하는 것도, 차가운 현실의 무게를 감당할 자신이 없어서였다. 그것은 마치 내 힘으로 해결할 수 없는 문제는 회피하고 싶은, 일종의 방어기제 같은 것이었다. 애써 모른 척하고 있던 잔혹한 세상을 눈으로 확인하는 순간, 나에게 지워진 책임감을 외면하지 못할 테니까.

솔직한 심정으로는 녀석과 만났던 그날의 기억을 통째로 들어내고 싶었다. 나는 아직 그날의 죄책감에서 완전히 벗어나지 못했다. 아마 앞으로도 그럴 것이다. 행동으로 옮기지 못한 진심은 아무리 포장해봤자 가식적인 연민에 불과하다는 사실을 알아버렸으니까.

내 마음이 아프다는 핑계로 외면해온 위선의 시간들. 너는 그걸 알려주기 위해 어느 겨울날, 홀연히 내 앞에 나타났을까.

어른이 된다는 것

남들이 '너 후회할 거야.'라고 말하는 건

아무 의미 없어. 내가 괜찮으면 그만이니까.

하지만 모든 사람들이 잘했다고 칭찬하는 결정이라 해도

내가 후회스럽다면, 그건 잘못된 선택일지도 몰라.

타인의 마음에 드는 삶이 아니라,

내가 만족할 수 있는 삶을 살자.

먼 훗날 스스로에게 미안하지 않도록.

내려놓기

진정으로 원했던 건, 지금껏 단 한 번도 가져보
지 못했다.

그건 늘 나의 것이 아니었다. 간절히 바랐던 건 도리어
쉬이 쥐어지지 않는다는 얄궂은 법칙을 그간의 숱한 경험
들을 통해 배웠다. 간절함이 더해질수록 내가 받을 상처의
깊이와 통증은 더 커질 뿐이라는 사실도.

하여 내가 찾은 방법은 기대하지 않는 것이었다. 그런

데 사람의 마음이란 건 참 간사해서 기대하지 않겠다 하면서도 기대하고, 생각하지 않겠다 하면서도 계속 생각을 해버리니, 스스로에게 끊임없이 최면을 걸지 않으면 안 됐다. 연연해하지 말자, 연연해하지 말자. 그 절박한 다독임은 실망이란 이름의 아픔을 덜어내기 위한 유일한 진통제였다.

그러니 연연해하지 말자.
괜찮다, 다 괜찮다.
설령 네 바람대로 이루어지지 않는대도,
그것은 뜻하지 않은 또 다른 인연의 시작일 테니까.

거절당하는

연습

　　내가 처음으로 정말 뼈저리게 '거절당했다'는
감정을 인지한 건 취업을 준비하면서였다.

　1년 동안 승무원 면접만 일곱 번을 떨어지고, 세상으로
부터 나라는 존재를 거부당한 듯한 서러움에 한동안 밤잠
을 설쳤다. 그렇게 한 열흘 정도를 오롯이 혼자만의 아픔
을 묵묵히 견디고 나면, 또 금세 괜찮아지곤 했다.
　다행인지 불행인지는 모르겠지만, 그건 어렸을 때부터
짝사랑에 익숙했던 탓인지도 모른다. '왜 너는 나를 좋아

　　　　　　　　　　　어른이 된다는 것

하지 않느냐.'며 떼를 쓰고 분노하기보다 '그래, 내가 너를 좋아한다고 해서 네가 나를 꼭 받아줘야 하는 건 아니지.'라며 약간의 체념이 섞인 인정을 하는 것. 상대를 원망하지 않고 거절을 담담히 받아들일 수 있을 때, 비로소 내 마음도 편안해진다는 사실을 어느 순간 깨닫게 된 것이다.

그렇다고 해서 정말 아무렇지 않은 건 아니었다. 반복되는 거절에도 가슴의 굳은살은 생길 기미가 없었고, 매번 찾아오는 통증은 좀처럼 익숙해지지 않았다. 누군가에게 필요한 사람이 되지 못했다는 사실을 의연하게 감당하기란 생각만큼 쉬운 일이 아니었다.

::

원하든 원치 않든, 누구나 태어나면서부터 조금씩 거절을 배우기 시작한다. 어른이 된다는 건 거절에 익숙해지는 과정이기도 하다. 면접에서 떨어진다든가, 꼭 붙고 싶었던 시험을 통과하지 못했다든가, 좋아하는 상대에게 마음을 거절당하는 것. 하여 어른이 된다는 건, 때론 세상에는 아무리 애써도 안 되는 일이 있다는 아픈 진리를, 그렇게 서서히 배워가는 것이었다.

처음 책을 출간하기로 결심했을 때, 30년을 살면서 거절에 익숙해지는 연습을 수없이 했음에도 불구하고 두려운 마음을 어찌할 수가 없었다.

그냥 하지 말까. 상처받기 싫어 사랑을 고백하지 못하는 어느 소심한 아이처럼, 출판사에 메일을 보내는 일이 그랬다. 나에게는 영혼을 갈아 넣었다는 표현이 과하지 않을 정도로 자식처럼 소중한 글이지만, 누군가에게는 쓸모없는 활자의 나열에 지나지 않을지도 모른다. 그 사실을 직접 확인하게 되는 것이 두려웠다.

실제로 메일을 보낸 수십 군데의 출판사 중에서 긍정적인 회신을 보내온 곳은 다섯 손가락에 꼽았다. 하루 만에 그렇게 수많은 거절을 연속으로 당해본 건 처음이었다. 대부분은 '미안하지만, 저희와 함께하진 못할 것 같습니다.' 정도의 회신을 보내왔고, 몇몇 출판사는 거절의 이유를 자세히 적어 보내주기도 했다.

고마우면서도 마음이 쓰렸다. 어찌됐든 나의 무언가를 평가받는다는 건 생각보다 큰 용기가 필요한 일이었다.

새로운 메일이 도착할 때마다 초조한 마음으로 열어보다 갑자기 웃음이 났다. 어차피 같은 책을 여러 출판사에서 낼 것도 아니니 마음 맞는 출판사 한 곳에서만 연락이 오면 되는 걸, 난 왜 모두에게 좋은 평가를 받고 싶어서 이리 안달이 났을까. 어차피 지금 나에게 필요한 건 99개, 999개의 거절이 아니라 단 한 번의 수락일 뿐인데 말이지.

더 이상의 고민은 의미가 없었다. 나는 가장 눈여겨보던 출판사의 메일에 답장을 보냈다. 그 주 주말에 첫 미팅을 잡았고, 첫 미팅 날 바로 계약서에 사인을 했다. 흰 종이에 까만 글씨에 불과했던 한 사람의 이야기가, 그렇게 한 권의 책으로 세상에 태어났다.

::

사실 나에게 있어 늘 거절의 상처보다 더 아팠던 건, 아예 시도조차 해보지 못한 것에 대한 후회였다. 거절당하는 것에 익숙해지면 할 수 있는 게 많아진다. 고작 거절일 뿐이다. 남들도 수없이 겪는 그것. 한 번의 오케이를 받을 수만 있다면, 그깟 거절 몇 번쯤이야 기꺼이 감수하리라.

생각해보면 지금까지 당해 온 수많은 '노(NO)'가,
때로는 삶의 안내자가 되어주기도 했다.

네가 가야 할 길은 이쪽이 아니라 저쪽이야.
어쩌면 그것은, 인생의 갈림길에서
어디로 가야 할지 망설이고 있던 나를
옳은 방향으로 떠밀어준 고마운 손길인지도 모른다.

지금 이 글을 쓰고 있는 순간에도 나는 연락을 한 통 기다리고 있다. 현실적으로는 거절당할 확률이 더 높다는 걸 알면서도 혹시나 하는 일말의 기대감이 고개를 든다. 기다리던 소식이 오지 않을 수도 있다. 하지만 아예 시도조차 하지 않았다면 설레는 마음으로 기다릴 연락도 없었을 것이다. 분명한 사실은, 거절을 받아들일 준비가 되어 있으면 더 많은 가능성을 만날 수 있고, 거절에 익숙해지면 조금 더 편한 세상살이가 가능하다는 것.

'세상에는 아무리 애써도 안 되는 일이 있다.'는 아픈 진리를 다르게 해석하면, '때로는 애쓰지 않고도 되는 일도 있다.'는 뜻이기도 하니까.

무신론자에게

신이란

　　　삶은 수많은 의외성으로 이루어져 있는 건 아
닐까.

　아무리 내 멋대로 만들어 나가고 싶어도 뜻하지 않은
사건들로 인해 방해를 받을 때가 더 많잖아. 그런데 또 그
수많은 우연들이 모여서 결국에는 내가 처음 의도했던 대
로 삶이 흘러가기도 하지. 그러니까 나는 그저 내가 할 수
있는 범위 내에서 최선을 다해 뭐라도 하는 거야. 그 외에
는 의외성이라는 우연에 맡길 뿐이고. 누군가는 그것을

'운명'이라고 말하기도, '신'이라 부르기도 하지.

　신을 믿지 않는다고? 나도 마찬가지야. 그래도 이건 인정할 수밖에 없을걸? 지금껏 스스로의 계획대로 이루어왔다고 생각했던 모든 일들이, 실은 수많은 '우연'의 도움이 없었다면 불가능했을 거라는 사실 말이야.

어 른 이　된 다 는　것

어른이
되어가는

중입니다

첫 책을 출간한 지 벌써 1년 반이라는 시간이
흘렀습니다.

끝나지 않을 것만 같던 무더위가 허무할 정도로 순식간
에 사라진 그 자리에, 제법 서늘한 바람이 들어섰습니다.
점점 짧아지는 가을 탓에 아직 9월밖에 안 됐는데도 벌써
올해가 다 가버린 것처럼 느껴집니다. 스쳐간 시간들은 그
밀도에 관계없이 언제나 아쉬움과 후회와 미련을 불러옵
니다. 그때 그랬어야 했는데, 그러지 말았어야 했는데 따위

의 조금은 뻔한 말들로 허한 기분을 달래보려 하지만, 이미
생겨버린 마음의 구멍을 온전히 메울 수는 없었습니다.

한편으로는 미처 풀어내지 못한 해묵은 관계와 감정들
이 느리지만 자연스럽게 정리가 되어갑니다. 무뎌진 아픔
에 미움은 무관심으로 바뀌었고, 연해진 흉터 위로 새살이
차오릅니다. 무의미하게 버려진 지난날들이 쌓이고 쌓여
나름의 의미를 만들 즈음이면, 이제 막 제자리를 찾은 사
랑은 또 금세 무르익어가겠지요. 이 또한 시간이 가진 신
비한 힘일 것입니다.

::

서른이 훌쩍 넘도록 무엇 하나 제대로 일궈놓은 것 없
는 스스로가 부단히도 미웠습니다. 대단히 불행하진 않지
만 그렇다고 딱히 행복하지도 않은 날들. 기쁘고 즐거운
순간보다 몇 곱절은 더 많은 괴롭고 우울한 하루하루. 그
런 삶을 굳이 이어나가야 하는 이유에 대한 의문이 가득
했었습니다. 이 답답함을 조금이라도 해소할 무언가가 필
요해졌을 무렵, 저는 글을 쓰기 시작했습니다.

마음 한 구석에 꾹꾹 담아놓기만 했던 잡념들을 몇 줄의 문장으로 쏟아내면서, 저는 놀라지 않을 수 없었습니다. 남들에게 털어놓기 민망할 정도로 어둡고, 염세적이고, 때로는 음란하기까지 한 저를 마주했기 때문입니다. 인정하고 싶지 않은 마음에 저는 무조건 그것들을 버려야 한다고 생각했습니다. 혹은 아무에게도 들키지 않게 철저히 숨기거나.

만약 제가 이런 부정적인 생각과 감정을 가지고 있다는 걸 알게 된다면, 사람들은 분명 저에게 실망할 거예요. 저는 특별히 착한 사람은 아니지만 그렇다고 나쁜 사람도 아닌데, 굳이 오해를 받을 만한 일을 만들 필요는 없었습니다. 하여, 저의 어두운 감정들을 숨길 만한 적당한 장소를 찾다가, 찾다가, 찾다가…… 문득 의문이 들었습니다. 그게 왜 나쁜 거지?

::

그때 처음, 부정적인 감정의 존재를 받아들이기 시작했습니다. 더 정확히 말하자면, 세상에 나쁜 감정은 없고, 나쁜 행동만 있다는 것을 알게 되었습니다. 그냥 짜증이 나는 건 나쁜 게 아닙니다. 짜증이 난다는 이유로 물건을 던지거나 주변 사람들을 못 살게 구는 '행동'이 나쁜 것이지요. 누군가를 죽이고 싶을 만큼 미워할 수는 있지만, 그렇다고 해서 그 사람을 정말로 죽여서는 안 되는 것처럼요.

우리가 그렇게 자꾸만 나쁜 '행동'을 통해 부정적인 내면을 표출하려고 하다 보니 애꿎은 '감정'만 누명을 쓰게 됩니다. 내 안의 악마를 자꾸 부정하고 밀어내려고만 하면, 오히려 위협을 느끼고 자신의 자리를 어떻게든 지키기 위해 존재감을 더 크게 드러낼지도 모릅니다.

차라리 그냥 조그만 방 하나 내어주는 것이 낫지요. 외로움을 느껴본 덕분에 곁에 있는 사람의 소중함을 알게 되듯, 감정이란 것은 선악(善惡)을 떠나 모두 나름의 이유를 가지고 그곳에 그저 존재할 뿐이니까요.

삶은 결코 아름답지만은 않다는 걸,
그냥 인정해버리면 마음이 편합니다.
그렇기에 우리는 늘 즐겁고 긍정적이고
행복할 수 없다는 사실도요.
가끔은 그냥 주저앉아 울어버리고 싶은 때도 있고,
내가 가지지 못한 것을 가진 이를 시기하며

어른이 된다는 것

불공평한 세상을 원망할 수도 있습니다.

누군가를 죽이고 싶을 정도로 미워하거나 혹은 내가 너무 미워서 견딜 수 없는 날도 있습니다. 그건 당신이 나쁜 사람이라서가 아니라 사람이기 때문에, 삶이란 게 원래 그런 것일 테지요. 어설픈 자기합리화라고 해도 괜찮습니다.

서툴더라도 그렇게 조금씩, 내 안의 수많은 '나'와 공존하는 방법을 배울 수 있다면 그리 무의미한 몸부림은 아닐 테니까요. '나'와 '내'가 잘 지낼 수 있게 될 텐데, '나'는 분명 '당신'과도 잘 지낼 수 있을 겁니다.

가끔 독자분들로부터 고마움과 격려가 담긴 메일을 받습니다. 스스로를 위해 썼던 글이 다른 누군가의 새벽을 위로해주었다는 사실이, 도리어 저에게 위로가 됩니다. 공감과 위로를 키워드로 한 글과 사진, 영상이 도처에 널려 있는 세상입니다.

이쯤 되면 뻔하고 지겹게 느껴질 법함에도 불구하고 차마 그만둘 수 없는 건, 어쩌면 위로라는 행위를 통해 서로의 존재를 애써 증명하고 싶은 인간 본연의 여린 마음 때문인지도 모르겠습니다.

'나 여기 있고, 너 거기 있지.'라는 어느 영화 속 대사처럼, 때로는 서로에게 상처를 주고 또 받으면서도 끝내 뿌리치지 못하고 얽힌 수많은 체온들. 그 온기 가득한 부대낌 속에서 무르익은 당신과 나는, 그렇게 서서히 어른이 되어갑니다.

어른이 된다는 것

서둘러 떠나지 말고

부디 오래오래, 곁에 머물다 가기를.

나도, 당신도, 우리가 사랑했던 모든 순간도.

Part
4

행복해진다는 것

무조건 앞으로만 가는 것이 아니라,

내가 어디로 나아가야 할지를 인지하는 것.

무작정 뛰는 것이 아니라,

가끔은 걷기도 하고 때로는 주저앉아

쉴 필요도 있음을 깨닫는 것.

삶이라는 긴 여행을 후회 없이 마무리하고 싶다면,

늘 오늘을 살고,

지금 여기서 행복할 것

오늘,

   참 좋은 날이다

      이따금 생각했던 건데, 왜 '그때가 좋을 때다.'
라는 말 있잖아? 우린 그 말을 너무 남발하는 게 아닌가
싶어.

   어떨 때는 마치 지금이 더 좋아서는 안 될 것처럼 현재
를 부정하면서까지 과거를 그리워하기도 하지. 물론 지금
보다 더 젊고, 더 자주 웃을 수 있었던 지난날을 동경하는
건 당연한 일일지도 몰라. 그런데 말야, 생각해보면 우리
는 매 순간 과거를 만들어내며 살아가잖아. 결국 인생이란

건 과거 생산의 연속인 거지.

> 오늘이 곧 어제가 되는 것처럼, 지금 이 순간도 훗
> 날 돌아보면 '좋았던 그때'가 될지도? 그러니까 내
> 말은, 지나간 시절은 지나간 대로 내버려두고, '오
> 늘이 가장 좋은 날'이라고 생각해버리는 게 더 낫
> 지 않느냐는 거야.

대학생이 고등학생에게, 취업준비생이 대학생에게, 직
장인이 취업준비생에게 '그때가 좋을 때지.'라고 입버릇처
럼 말하는 건, 그 모든 고단했던 순간들마저도 지나고 난
후엔 전부 다 '추억'이란 이름으로 머무르기 때문은 아닐
까.

특별하지 않아
더욱 소중한,

나를 행복하게
만드는 순간들

약속이 취소된 주말, 밀린 미드 몰아보기

평소보다 조금 더 오래 즐겨도 눈치 보이지 않는 금요
일 점심시간

목욕한 지 3일 된 행운이 발바닥 냄새

아포가토가 맛있는 한적한 동네 카페

옛날 버전 디즈니 영화

달달한 케이크와 아이스 아메리카노의 조합

산책길에 발견한 이름 모를 작은 들꽃

아직 한참이나 남은 여행 계획 짜기

미세먼지 없이 선명한 파란 하늘, 그리고 양떼구름

30년째 보드라운 엄마의 팔뚝 살

선물로 받은 디퓨저가 딱 내 취향일 때

빡센 운동 끝에 찾아온 엉덩이 근육통

조금 헐렁해진 청바지

오늘따라 유난히 뽀송뽀송하게 잘 먹은 피부화장

그의 목소리를 통해 듣는 내 이름

막 씻고 나온 그의 목덜미에서 묻어나는 살 내음

잘 나온 셀카 한 장

새로 올라온 독자의 책 리뷰

행운이와의 낮잠

마침 딱 맞게 온 버스

우연히 들른 책방에서 들은 올해 첫 크리스마스 캐럴

행복해진다는 것

덜어내기

─ 죽을 때 싸들고 가지도 못할 거, 뭐던다꼬 저리
욕심을 부리고 지랄인지 모르겠다.

돈과 권력에 눈이 멀어 사건사고를 일으킨 사
람들의 뉴스를 볼 때면, 외할머니는 버릇처럼 말씀하시
곤 했다, 당시 초등학생이었던 나는 그 말이 잘 이해가 되
지 않았다. 그래도 죽기 전까진 마음껏 쓸 수 있잖아. 철없
는 손주의 대답에 할머니의 눈가가 반달 모양으로 휘어졌
다. 주름진 작은 손이 내 머리를 쓰다듬는다. 뭐든 적당해

야 하는 법이여. 꽃도 물을 너무 많이 주면 금방 시들어버
린당께.

::

출국을 며칠 앞두고, 나는 꽤 비싼 롱부츠 하나를 큰맘
먹고 샀다. 첫 유럽 여행이니만큼 혼자서도 멋진 사진을
남겨야 한다는 생각에 저지른 충동구매였다. 겨울옷 몇 벌
에 롱부츠까지 넣으니 28인치 캐리어가 꽉 찼다. 부츠만
빼도 남은 짐들을 다 넣을 수 있었건만, 나는 그냥 여행용
보스턴백 하나를 더 챙기는 것으로 스스로와 타협했다. 고
행의 시작이었다.

꾸역꾸역 챙겨 간 롱부츠는 딱 하루 신고 애물단지가 되
었다. 막상 신으니 생각보다 불편하기도 했고, 무엇보다 누
가 봐도 신경 쓴 티가 나는 차림새가 되는 것도 부담스럽
게 느껴졌다. 친구들과 클럽이나 갈 때 신으면 모를까, 나
홀로 여행자로서 롱부츠는 여러모로 부적합한 코디였던
것이다.

사흘 후, 다른 도시로 이동하기 위해 짐을 싸던 나는 갈등에 빠졌다. 이 부츠를 어찌할 것인가. 한국 가면 분명 요긴하게 신을 텐데, 버리기엔 아깝다. 어차피 캐리어에 넣어두면 되니까 그냥 가져갈까? 잠시 고민하다, 버릴 때 버리더라도 일단은 챙겨 가기로 결심했다. 원래 가지고 있던 짐에 여행지에서 산 기념품까지 더하다 보니 캐리어는 터질 듯 빵빵해졌고, 나는 온몸으로 난리를 치며 겨우 지퍼를 잠갔다.

::

밖으로 나오니 비가 내리고 있었다. 우산을 들고 캐리어를 끄는 건 보통 일이 아니다. 나는 조금 전에 결정을 바로 후회했다. 그냥 버리고 올 걸.

부츠가 있으나 없으나 달라질 건 없었지만, 우산을 들어야 한다는 귀찮음에 오른팔에서 전해지는 무게감을 조금이나마 덜어내고 싶어진 것이다. 오늘을 포함해 앞으로도 도시에서 도시로 몇 번이나 이동해야 하는데, 여행이 끝날 때까지 이 부츠를 데리고 다녀야 할 생각을 하니 여간 짐스러운 일이 아닐 수 없었다.

일단 비행기 시간이 급했던 나는 부랴부랴 공항에 도착해 그라나다행 비행기에 몸을 실었고, 이틀 후 그라나다를 떠날 때야 비로소 롱부츠에게도 미련 없이 이별을 고했다. 그 이후로도 도시를 옮길 때마다 어쩐지 캐리어의 무게가 조금씩 줄어들었다고 한다.

행복해진다는 것

삶은
때때로

　가벼워도
　괜찮다

　　　그날의 여행을 계기로 나의 여행 철학에도 작
은(?) 변화가 생겼다. 예전에는 '혹시 모르니까 챙겨가자.
가져갈까 말까 고민될 땐 무조건 챙기자.'는 주의였다면,
지금은 '최소한의 것만 챙기자. 없으면 없는 대로 다 살아
진다.'가 된 것. 현지 기념품도 웬만해선 잘 사지 않는다.
캐리어 대신 배를 채우는(!) 여행으로 아예 컨셉을 바꿔버
렸다.

　　흔히, 인생을 여행에 비유하곤 한다. 어딘가로 떠나서
다시 집으로 돌아오기까지의 과정이 여행이라면, 단순하

게 말해 인생은 태어나서부터 죽기까지의 과정이라는 것.

그러니까 태어나기 전 우리의 출발지는 무(無)인 것이고, 지금 살고 있는 삶이 여행이며, 죽는다는 건 아무것도 없던, 혹은 아무것도 아니었던 그때로 다시 돌아가는 것뿐이다.

너무 복잡하게 생각할 필요 없다. 삶이 괴롭게만 느껴지는 건, 매사에 너무 진지한 태도로 대하기 때문인지도 모른다. 시작과 끝이 정해져 있음을 안다면, 조금 더 가벼운 마음으로 삶을 대할 수 있지 않을까. 세상에 태어난 모든 것들에게, 죽음은 필연이다.

그러니 우리는 그저 집을 꾸미거나 여행 스케줄을 짜듯이 그 중간 과정을 무엇으로, 어떻게, 얼마나 채울 것인지 하는 즐거운 고민만 하면 된다. 내일이 오지 않을 것처럼 무기력할 필요도, 영원히 살 것처럼 너무 과한 욕심을 부릴 이유도 없다는 뜻이다.

::

삶은 때때로 조금 가벼워도 괜찮다. 사람은 언젠가 죽기 마련이고 삶을 마감하는 순간에는 누구나 빈손일 수밖

                         행복해진다는 것

에 없으니까. 어차피 우리가 살아가면서 무엇인가를 '소유'한다는 건 '잠시 맡아두는 것' 이상의 의미를 가지지 못한다.

이곳저곳 좀 다녀봤다 하는 사람들은 가방이 가벼울수록 여행의 본질에 더 집중할 수 있다는 걸 안다. 울퉁불퉁 돌길로 된 론다의 거리에서 마주친 어느 여행자가 말하길, 여행가방의 무게는 인생의 업보라고 했다.

쓸데없이 이것저것 잔뜩 담은 무거운 캐리어는 여행을 고행으로 만들 뿐이다. 삶과 여행의 가장 큰 공통점은, 손이 가벼울수록 더 많이 보고, 듣고, 느끼고, 즐길 수 있다는 것.

— 갈 땐 다 빈손인 게 사람 인생인 것이여.

가져간 짐을 대부분 버리고 돌아오던 그날의 비행기 안에서, 문득 돌아가신 외할머니가 생각났다. 이 세상 여행을 마치고 떠나던 날, 할머니의 손엔 아무것도 쥐어져 있지 않았다. 주름진 얼굴엔 고된 세월의 흔적이 역력했지만, 할머니의 표정은 그 어느 때보다 홀가분해 보였다.

모르는 게

약

저도 사람인지라, 그것도 여러모로 아주 많이 부족한 인간인지라, 이따금씩 끝 모를 열등감에 휩싸이곤 합니다.

외모가 멋지거나 좋은 집에 사는 사람을 보면 부럽고, 글을 잘 쓰거나 사진을 잘 찍는 사람을 봐도 부럽고, SNS로 많은 돈을 버는 사람을 보면 그게 또 그렇게 부러울 수가 없습니다. 나만 빼고 다 행복하게 사는 것 같아서, 가끔 묻고 싶어집니다. 다들 정말 행복하기만 하냐고요. 참 웃

행복해진다는 것

기죠? 나조차도 남들에겐 행복한 모습만 보여주려고 안달이면서 말입니다.

혼자 있을 땐 아무 생각 없다가도, 다른 사람의 인생을 슬쩍 곁눈질하다 보면 어느샌가 하나하나 비교하고 있는 자신을 발견합니다.

그 사람에 대해 전부 다 아는 것도 아니면서, 어설프게 부러워하고 어설프게 시기하다, 그가 감추고 있을 아픔을 멋대로 짐작해 어설프게 위로합니다. 사실 잘 모르겠습니다. 흔히 말하길, 자존감이 높은 사람은 타인과 나를 비교하지 않는다고 하잖아요.

그렇다면, 자존감이 높다는 건 어떤 의미일까요. 자존감이란 대체 뭘까요. 스스로를 사랑하고 존중하는 마음이 자존감이라면, 때때로 사랑하고 존중하면서 때때로 미워하고 원망하기도 하는 저는 자존감이 높은 사람일까요, 낮은 사람일까요.

::

나를 누군가와 비교하지 않겠다는 결심, 내가 선택한 길을 나만의 속도로 걷겠다고 한 스스로와의 약속이 흐려질 때면, 저는 그것을 다잡기 위해 펜을 듭니다. 보기와는 달리 나약하고 물렁한 속을 가지고 있는지라, 작은 박탈감에도 자칫 와르르 무너져버릴 제 자신을 잘 알고 있거든요.

누군가는 이렇게 말합니다. 타인의 삶에 나를 대입하지 않고, 타인과 나를 비교하지 않는 것만으로도 지금보다 더 행복해질 수 있다고. 말처럼 쉽지 않은 일을, 너무 쉽게 말합니다. 그들은 모르나 봐요. 비교하지 않기 위해 노력하는 것 자체가 또 다른 비교가 되어버리는 악순환의 굴레를.

하여, 문득 그런 생각을 했습니다. 어차피 서로의 이면까지 다 알 수 없을 거라면, 때로는 아예 모를 필요도 있는 것 같다고. 타인과 나를 비교하지 않기 위한 가장 쉬운 방법은, 어쩌면 '적당한 무관심'일지도 모르겠습니다.

행복해진다는 것

부모가 된

　　당신께

　　아이에게 물고기를 잡아주려 하거나 물고기 잡
는 법을 알려줄 필요는 없습니다.

　그저 당신께서 즐겁게 물고기를 잡는 모습을 보여주면
그만입니다. 그럼 아이는 아이만의 방식으로 물고기를 잡
으려고 할 거예요. 낚싯대를 드리우든, 그물을 던지든, 바
지를 걷어 올리고 직접 물속으로 뛰어들든 말이죠.
　아이의 방법이 잘못된 것처럼 느껴지더라도, 때로는 조
금 위험해 보이더라도 믿고 묵묵히 지켜봐주세요. 내 아이

가 행복한 인생을 살았으면 좋겠다고요?

그렇다면 당신이 먼저 행복해지세요. 행복의 기준을 대신 세워주려 한다거나, 아이를 행복하게 만들어주겠다는 이유로 스스로를 희생하지 마세요. 당신께서 행복한 모습을 보여주시면, 아이도 자신에게 맞는 행복을 알아서 찾아갈 겁니다.

그러니 당신께서는 미안해 말고 당신의 행복을 좇으세요. 그래요, 그저 행복하시면 됩니다. 부디, 행복하기만 하세요. 사랑하는 나의 엄마, 아빠.

행복해진다는 것

조언자

나는 그랬다.

지금 걷고 있는 이 길이 맞는지 틀린지, 하나하나 직접 걸어봐야만 알 수 있었다. 물어볼 사람도, 물어본다고 해서 대답해줄 사람도 없었다. 그렇게 헤매고 헤매다, 몇 년의 세월을 그냥 흘리듯 보내버렸다.

때로는 억울했고, 때로는 모든 것이 원망스러웠다. 누구에게도 말 못할 비참함에 몸부림치던 밤과, 모두에게 버림받은 것 같은 두려움에 잠들지 못한 새벽 사이에서도, 어쨌든 그럭저럭 살아졌다. 아니, 포기할 용기조차 없어 그저 견뎠다.

이제와 생각해보면,
내 삶에 단 한 하루도 의미 없는 날은 없었다.
어쩌면 나는 나를 짓누르는 무기력을 걷어내는 것
조차 귀찮은 나머지, 비극의 주인공을 자처했는지
도 모른다.

절망스러운 순간들에 떠밀려 표류하지 않았다면
만나지 못했을 가슴 벅찬 순간과 기적 같은 인연들.

그 당시엔 지옥처럼 느껴졌던 시간들조차
지금의 나를 존재하게 만든 인과(因果)였음을,
인정해야만 했다.

나는 경험의 힘을 믿는다. 경험을 현명하게 사용할 수 있다면, 지난날의 그 어떤 방황도 시간낭비는 아니었으리라. 우리가 삶에서 느끼는 수많은 깨달음도, 대개 아름다운 추억보단 처절했던 기억에서 비롯되는 법이니까.

인생은

아름다워

— 가끔 문득 이런 생각이 들어. 삶이란 건 나
    에게 선물을 줬다가 다시 빼앗아가는 신의
    장난인 것 같다고.

— 왜 그런 생각을 했어?

— 언젠가 다 사라지잖아. 행운이도, 엄마도, 너도.
    나를 알고 내가 아는 모든 사람들, 그리고 나조
    차도. 그 많은 이별을 감당할 자신이 없어. 나이

가 들수록 만남의 기쁨보다 헤어지는 아픔에 익숙해져야 한다는 건, 너무 잔인한 일인 것 같아.

— 혹시 〈인생은 아름다워〉라는 영화 봤어?

— 제목만 들어봤어.

— 그 영화 보고 나서 가장 먼저 든 생각이 '왜 제목이 〈인생은 아름다워〉일까'였거든? 내가 본 주인공의 인생은 전혀 아름답지 않았단 말이지.

— 그냥 일종의 반어법이 아닐까?

— 나도 처음엔 그렇게 생각했는데 그것만으로는 충분히 설명이 안 되더라고. 그래서 계속 곱씹어보다 문득 든 생각이,

— 생각이?

— 어쩌면 우리가 그동안 '아름답다'의 의미를 오

행복해진다는 것

해하고 있었던 건 아닐까.

— 그게 무슨 말이야?

— 음, 그러니까, '아름답다'는 건 꼭 '행복'처럼 긍
정적인 의미로만 쓸 수 있는 게 아니라, '슬픔'
이나 '아픔', '이별'처럼 단어의 성격에 상관없
이 모두를 다 품을 수 있는 상위 개념이라는 거
지. 때로는 슬픔도, 헤어짐도, 상황에 따라선 죽
음까지도 아름다울 수도 있는 거잖아. 그리고
어떤 존재는 겉모습에 관계없이 그 자체만으로
도 아름다운 것처럼.

— 단순히 예쁘고 좋은 것만 아름다운 게 아니라,
슬프고 힘들고 아픈 것도 아름다울 수 있다는
말이야?

— 응, 내 생각은 그래. 인간은 다 희노애락을 느끼
는 존재인데, 행복하기만 한 인생을 과연 아름
답다고 해도 되는 건지. 마냥 기쁜 날도, 이유

없이 화가 나는 날도 있고 행복한 순간만큼 울고 싶을 때도 있는 것처럼, 우리가 언젠가는 헤어져야 하기 때문에 지금 이 순간이 더 소중하고 아름다운 건 아닐까? 때때로 슬프고 종종 아프기도 하겠지만, 자주 웃고 매 순간 후회 없이 사랑할 수 있다면, 오늘은 분명 우리에게 주어진 멋진 선물일 거야.

행복해진다는 것

느린

찻집

저에겐 아주 오래된 꿈이 하나 있습니다.

너무 깊지 않은 고즈넉한 산 속에, 마당이 넓은 2층 집을 지어서 1층은 찻집, 2층은 먹고 자는 공간으로 쓰는 것입니다. 왜 하필 '찻집'이냐고요? 특별한 이유는 없습니다. 굳이 생각해보니 카페라는 어감보다는 찻집이 더 좋아서인 것 같네요.

일하는 사람이라곤 저와 엄마, 이렇게 둘뿐이니 손님은 많지 않았으면 좋겠습니다. 직접 꽃을 말리고, 과일청도 담

글 거라, 손님이 너무 많으면 감당이 안 될 것 같아요.

그러니 여유를 즐길 줄 안다거나, 여유가 필요한 사람들이 오면 좋겠습니다. 4인 테이블을 혼자 차지하고, 차 한잔 마시는데 최소 두세 시간은 걸리는 분들도 언제든 환영입니다. 대신 노트북, 휴대폰은 잠시 넣어두세요.

멋진 음악이 흐르지도, 제가 말을 걸지도 않을 테니 그저 가만히, 느긋하게 차를 마시며 시간을 음미하시면 됩니다. 다시없을지도 모를, 당신을 위해 준비된 이 고요한 순간을요.

::

상상만 해도 행복합니다. 이런 기분은 정말 오랜만인 것 같아요. 어쩌면 꿈이 갖고 있는 진짜 힘은, 그것이 이루어지기 전에 발휘되는지도 모르겠습니다. 이미 실현된 꿈으로는, 삶의 추진력을 더 이상 얻기 힘든 것처럼 말예요.

'느린 찻집'에 오신 걸 환영합니다. 소중한 오늘을, 부디 천천히 음미하고 가세요.

그리고 언젠가, 당신의 꿈에도 저를 초대해주시겠어요?

행복해진다는 것

말처럼 쉽지 않고

무엇 하나 뜻대로 되지 않는 인생이지만,

그래서 더 사랑해보려 합니다.

내 곁을 스쳐간 모든 인연과

내가 지나온 모든 순간들,

나의 긴 밤을 함께 해준 빛나는 우울.

그리고 무엇보다,

안쓰럽지만 기특한 오늘의 나를요.

당신이
떠난 자리,

　나 혼자
　남겨진다 해도

원고를 거의 마무리할 무렵이었나 봅니다.

　도무지 글이 써지질 않아 며칠을 의미 없이 흘려보냈습니다. 이대로는 안 되겠다 싶어 고민 끝에 일상을 잠시 떠나 있기로 했습니다.

　어디로 가면 좋을까. 문득 '강릉'이 떠올랐습니다. 작년 봄, 그러니까 퇴사하고 한 달 반쯤 지났을 무렵, 그때도 강릉에 왔었습니다. 첫 번째 책『누구나 그렇게 서른이 된다』의 출간을 며칠 앞둔 시점이었습니다.

홀로 강문해변을 거닐다 출판사로부터 책이 완성됐다
는 연락을 받은 기억이 아직도 선명합니다. 소식을 듣고도
바로 서울로 달려갈 수 없어 아쉬워했던 그때의 감정까지
도요. 아무튼 간에 이번 여행은, 나름 익숙한 도시인 강릉
으로 떠나기로 결정했습니다.

::

　　숙소를 정하는 건 의외로 쉬웠습니다. 지난번 여행 때
하루 묵었던 교동의 한 게스트하우스였는데, 아직도 그날
을 생각하면 마냥 웃을 수만은 없는 에피소드가 하나 떠
오릅니다.

　　당시 그곳은 오픈한 지 두 달이 채 안 된 데다 하필 또
제가 간 날이 평일이어서 그랬는지는 모르겠지만, 손님이
달랑 저 하나뿐인 겁니다. 도미토리 침대 하나를 예약했을
뿐인데, 2층짜리 단독주택이 딸려 온 상황. 마냥 운이 좋
다고 하기엔, 막상 그 넓은 공간을 밤에 혼자 차지하고 있
으려니 솔직히 조금 무섭기도 했습니다.

　　그런데도 다시 그곳이 생각났던 이유는, 글쎄요, 사실

지금도 분명하진 않습니다. 단순히 짐작하건데, 책이 나왔다는 소식을 들은 날 머물렀던 숙소이기도 했고, 모르는 사람에게 처음으로 '저 작가예요!'라고 스스로를 소개하던 순간이었고, 혼자라 무섭다 하면서도 오히려 가장 편안하게 잠자리에 들었던 날이어서 그랬을 수도 있겠네요.

그것도 아니라면, 단순히 저의 이상한 성격 때문인지도 모르겠습니다. 늘 새로운 경험을 갈구하는 반면, 가던 곳만 가고, 보던 영화만 보고, 먹던 음식만 먹고, 만나는 사람만 만나는 묘한 고집이 있거든요.

그래도 한 번 와본 곳이라고, 버스터미널에서 숙소까지 찾아가는 길이 익숙합니다. 모든 것이 여전히 그대로라 더 반갑습니다. 낮은 지붕들이 색깔별로 펼쳐져 있는 야트막한 언덕길과 밥을 먹고 나면 꼭 들르던 카페, 늘 저를 작가님이라는 과분한 호칭으로 불러주시는 젠틀한 게스트하우스 사장님과 겁 많은 강아지 '마치'도요.

::

삶과 사람, 그리고 사랑까지도. 하루가 다르게 변화하는 무심한 세상입니다. 젊고 아름답고 참신한 감각들만이 관심과 대접을 받는 치열한 시절 속에서, 그렇지 못한 감성들은 때론 그 자리에 머물러 있는 것조차 허락되지 않습니다. 세월에 퇴색된 감정은, 무르익을 틈도 없이 그저 닦아내야 할 오물처럼 여겨집니다.

다들 앞으로 나아가는데,
나만 제자리인 것 같은 불안감.
홀로 남겨졌다는 고립감.

그 막연한 두려움 때문에,
서로 가야 할 방향이 다를 수밖에 없음을 간과한 채
진짜 나의 자리를 잃어버린 건 아닐까요.

어쩌면 성장과 발전만이 우리가 느끼는 불안과 고독에 대한 해답은 아닐지도 모릅니다. 때로는 머물러 있는 것이 변화하는 것보다 더 어렵습니다.

할아버지가 좋아하시던 음식점에 엄마가 단골이 되고, 그곳을 내가 내 아이와 함께 찾아가는 일이, 현실에선 꿈 같은 이야기인 것도 비슷한 이유에서겠죠.

만약 당신의 추억이 서린 장소가 아직도 그대로 남아 있다면, 그것은 당신에게 내려진 드문 축복일 것입니다.

얼어붙은 땅에서도 뿌리를 거두지 않는 이름 모를 꽃처럼, 누군가는 혹독한 시절까지도 묵묵히 견뎌내며 그렇게 견고히, 자신의 자리를 지키고 있었습니다. 그것은 그들 자신을 위한 일이기도, 그리고 우리 모두를 위한 일이기도 합니다.

대개는 변하지 않는 것에서 진정한 편안함과 더욱 깊은 위로를 얻습니다. 결코 짧지 않은 시간 속에서도 나를 기억하고 내가 기억하는 누군가가 있다는 사실은, 복잡다단한 세상에서 흐릿해져 가던 서로의 소중함을 되새겨줍니다.

그러니까 어쩌면, 더 나은 무언가가 되기 위해 애쓸 필요가 애초부터 없었는지도 모릅니다. 설령 당신이 오랜 세월 동안 제자리에만 머물러 있다 한들 아무도 당신의 의미를 멋대로 규정지을 수 없습니다, 태어난 모든 존재들은 이미 그 자체만으로도 충분한 가치를 품고 있다는 사실을, 다만 우리가 잠시 잊고 있었을 뿐일 테지요.

에필로그

::

그러니 세상일이 말처럼 쉽지 않고 뜻대로 되지 않는다고 느껴질수록, 우리에겐 잠시 아무것도 하지 않고 가만히 머무르다 가는 시간의 여백이 필요한지도 모르겠습니다. 그리고 그 속에서 만난 모순투성이의 나를 부정하지 않고 온전히 받아들일 때, 비로소 한 뼘 더 자랄 수 있지 않을까요. 물론 그 또한 말처럼 쉬운 일은 아니겠지만요.

여기, 이 좋은날. 시호일(是好日)에서.